D1753920

CHRISTOPH SIMON

DER SUB OPTI MIST

KLEINE ROMANE

knapp

INHALT

WAHRE FREUNDE 9

ZWEITE CHANCE 41

DER RICHTIGE FÜR FAST ALLES 79

DER SUBOPTIMIST 121

GLÜCK IST 163
Hundert 164
Die nächste Ex 167
Leben als Mann 170
Wie findet man den inneren Frieden? 173
Schnuppertag in der Hölle 177
Wer sind wir? Was wollen wir? 180
Vom Land in die Stadt aufs Land 183
Fruchtbarkeit ist heilbar 185
Mut 188

NACHWORT ODER: 191
WIE ICH ERZÄHLER WURDE

WAHRE FREUNDE

1

Ich möchte von meinen Freunden erzählen, und zwar jetzt, da sie sich noch wehren können. Bald sind sie alt und träge, fummeln griesgrämig an ihren Hörgeräten, zahnlose Deppen mit kaputtgefärbten Haaren. Einer nach dem anderen fährt in die Grube – keiner will der Erste sein, aber auch keiner der Letzte.

Wenn ich dann, zum Beispiel am Grab von Max, erzählen soll, was wir für eine Freundschaft gehabt haben, brächte ich vor Rührung kein Wort heraus.

Wir haben einander unterstützt und inspiriert. Es ist überhaupt nie ein Problem gewesen, dass Max nichts mit Robert Walser hat anfangen können und ich überhaupt nichts mit *Star Trek*. Gefunden haben wir uns bei *Pretty Woman*. Doch dass er immer behauptet hat, keine Zigaretten mehr zu haben, nur, damit er sie nicht mit mir hat teilen müssen...

2

Mit Max, Zahnarztstudent, hatte ich meine allererste Wohngemeinschaft. Damals in den Neunzigern. Golfkriegsdemonstrationen, Interrail, *Baywatch* – das schweisste uns zusammen. Aber miteinander befreundet sein bedeutet ja nicht automatisch, dass man auch zusammenleben kann.

«Hör mal: Du lässt immer das dreckige Geschirr stehen und rauchst mir die letzte Zigarette weg und verschlampst die Miete. Ich wäre wirklich froh, könntest du wenigstens ab und zu die Blätter der Yukapalme abstauben.»

«Stopp, Max! Was ist mit dir? Du... du zahnseidelst während der Tagesschau!»

Ich gebe zu, mit mir auf engem Raum ist eine Challenge: Komme ich heim, schmeisse ich die Jeans in die Ecke und laufe hemmungslos in Boxershorts herum. Ich brauche heimlich das Badetuch des Mitbewohners. Kamen die Eltern von Max zu Besuch, hielt ich die Haarbürste wie ein Mikrofon und tat so, als würde ich auf einer grossen Bühne performen. Aber eigentlich möchte ich von meinen sozialverträglichen Seiten erzählen.

Einmal klaute ich eine Parkbank. So eine grün gestrichene Bank, wie man sie in Bern überall sah. Dann stellten Max und ich die Bank auf der Münsterplattform auf und warteten. Wenn eine Polizeipatrouille vorbeiging, sprangen wir auf, schnappten die Bank und rannten damit weg wie zwei Panzerknacker mit einem Tresor. Die Polizei holte uns ein, wir schauten unschuldig, ich nahm die Quittung aus dem Gartencenter hervor und streckte sie untertänigst hin. Das wiederholten wir nun so oft, bis die ganze Polizei wusste, dass diese Bank mir gehörte. Und jetzt fingen wir an, städtische Parkbänke wegzuschleppen, ganz unbelästigt von der Polizei. Ein Polizist stellte sich für uns am Zytglogge furchtlos dem Verkehr entgegen und winkte uns mitleidig über die Strasse.
In der Wohnung türmten sich die grünen Bänke. Küche, Wohnzimmer, Balkon, wir waren dauernd mit Sitzen beschäftigt.
«Wir sollten aufstehen und etwas unternehmen.»
«Max, bleib sitzen. Diese Bänke haben wir eingesammelt, die brauchen wir jetzt.»

Max und ich, wir träumten von der grossen Liebe. Max träumte von einem Haus und einem Rudel Kinder mit perfekten Gebissen, und mir war jede recht.
Aber wir hatten beide kein Glück. Max verwechselte Verklemmtheit mit Buddhismus und bei mir endete jede Liebesbeziehung in einer Sackgasse. Oder was hiess Beziehung... Ich klebte einen Zettel übers Bett: «Ich bin unwiderstehlich.»

Und dann baggerte ich an der Bar im ISC oder in der Reitschule die Frauen an mit meinen unwiderstehlichen Sprüchen: «Ich trink Ouzo, was machst du so?»
Einmal dachte ich mir für meine Angebetete etwas Spezielles aus. Ich wollte nicht einfach im Mondlicht unter ihrem Balkon ein Sonett runterleiern wie jeder andere auch, nein, ich dachte, warum nicht mit Stabhochsprung in ihr Zimmer im zweiten Stock springen?
«Christoph, kannst du Stabhochsprung?»
«Nein. Deshalb habe ich ja Meierhofer vom Stadtturnverein gefragt, ob er mich trainieren könne. Und dieser Meierhofer sprang dann selber ins Zimmer der Lady und heute sind sie verheiratet und haben zwei Kinder. Christoph und Christa.»
Und ich schaute Max verzweifelt an.
«Max, warum will uns keine?»
«Ich weiss nicht. Ist mir aber auch egal, als Single kann ich im Bett so quer liegen, wie ich will, niemand stochert in meinem Essen herum, um mal zu probieren. Und nie werde ich Kinder haben und den Zeiten nachtrauern, wo ich noch ausserhalb der Schulferien habe verreisen können.»
Ganz verzweifelt, weil ich mir genau solche Probleme wünschte, klemmte ich mir die Haarbürste unter den Arm und stand sinnlos und in geblümten Boxershorts vor der schwarzen Wohnwand.
Was macht man da – mit der Nase an der Wand? Stehen bleiben? Umkehren? In den Wald gehen und weinen?
«Nelson Mandela war 27 Jahre im Gefängnis», erklärte Max. «Statt bei lebendigem Leib zu verfaulen, hat er sich auf seine Aufgabe vorbereitet, ein Land vor dem Bürgerkrieg zu bewahren. Man kann nicht stehen bleiben. Man kann nicht zurück. Man kann nur den Kopf gegen die Wand schlagen. Irgendwann gibt die Wand nach.»

Als ich tatsächlich eine Frau fand, jubelten Max und ganz Bern. Eine Buchhändlerin, Sonja. Wenn ich mich richtig

erinnere, war ich in der Buchhandlung, um ein Buch zu kaufen. Ein Buch mit dem Titel: *Ein Esel auf dem Jakobsweg.* Untertitel: *Ich weiss nicht, was mein Problem ist, aber es ist bestimmt schwierig auszusprechen.*
«Kannst du's einpacken, Sonja? Ist für meinen Mitbewohner. Hör mal, ich weiss nicht, wer du bist, was du denkst und was du sonst so für Probleme hast, aber ich möchte es rausfinden und darüber ein Gedicht schreiben. Kommst du mit mir eins trinken?»
Max war es nur recht, als ich aus der WG auszog und bei Sonja einzog – mit Robert Walser, der Haarbürste und sieben grünen Parkbänken.

3

Kaum waren wir zusammen, stellte mir Sonja schon wieder den Rucksack auf die Strasse und wechselte die Türschlösser aus. Sie habe ein Problem damit, dass ich mir im Türrahmen Notizen zu einer Geschichte machte, wenn sie auf die Waage stehe.

Das Schöne an der Freundschaft ist das gegenseitige Vertrauen. Das Mitgefühl. Die Geborgenheit: Bei einem Freund fühlt man sich gleichzeitig sicher und frei.
Als ich Max von meiner Beziehungstragödie erzählte, sagte er nicht einfach: «Vergiss sie, Manno. Sonja sieht sowieso nur das Schlechte. Weist du sie aufs gute Wetter hin, sagt sie, bald komme ein Gewitter und töte mit seinen Blitzen die Hirten auf den Bergen.»
Nein, Max hörte mir zu. Und obwohl ich dermassen viel von meinen Kümmernissen erzählte, dass er sich unmöglich alles merken konnte, ging Max nicht einfach heim und vergass das Ganze. Nein, zusammen mit seinem neuen Mitbewohner dachte er intensiv über meine Probleme nach.
Sonja hat Christoph zurück in die Umlaufbahn geschickt.
Wer ist Christoph?

Ein Desaster.

Sein neuer Mitbewohner war eine Mitbewohnerin und hiess Natascha. Soz-Päd, superlieb und supergescheit. Wenn ich zu Besuch war und am Küchentisch den Kopf hängen liess, versuchte sie mich mit Aktuellem abzulenken, mit Ruanda und Kosovo und Monica Lewinsky. Natascha war keine besondere Schönheit, aber sie bezahlte pünktlich die Miete, betreute die Blumenvasen und putzte auch mal den Kühlschrank. Tipptoppe Wohnverhältnisse für Max also, bis ich Asyl in ihrer WG beantragte. Ich hatte kein Geld mehr für die Jugendherberge, ich brauchte ein Ausziehsofa und ein Badetuch, und kaum hatte ich mich niedergelassen, passierten mir sozialpädagogisch anspruchsvolle Dinge: Das Teewasser auf dem Gasherd verwandelte sich in eine rot glühende Pfanne; ich stellte das Ketchup falsch auf den Tisch, also richtig, also nicht verkehrt genug.

Natascha hatte eine Engelsgeduld mit mir. Aber Max erwähnte in meiner Gegenwart auffällig häufig den entspannten Wohnungsmarkt in Bern. Er überklebte meine Selbstmotivationssprüche mit Wohninseraten. *Messie-WG sucht Mitbewohner* war rot unterstrichen.

«Max, wenn du willst, dass unsere Freundschaft etwas Harmonisches bleibt, etwas Harmonisches wie Nataschas Kristallschale, wo Blumenblüten drin schwimmen, dann musst du dir schon ein bisschen mehr Mühe geben.»

Ich sagte nichts, geisterte nur zwischen Ausziehsofa und Wohnwand hin und her. Augenringe, Appetitlosigkeit. Es war Liebeskummer, aber man konnte es auch mit einer Salmonellenvergiftung verwechseln.

Über mein Liebespech schrieb sie eine Geschichte, die honorarfrei im Heft mit Namen Bierglaslyrik abgedruckt wurde.

Verliebt in eine füllige und daher leider schrecklich selbstkritische Frau, so hiess die Geschichte. Diskret wie ich war, hatte ich die

erforderlichen Anpassungen vorgenommen. Aus Sonja wurde S., aus mir C. Ich zeigte das Heft Max.
«Lies mal!»
S. schreit C. beim Joggen an: Du schaukelst zufrieden dein Bierbäuchlein vor dich her, während ich jeden Meter an Gewicht und Selbsthass zulege.
Max schaute mich an. «Wenn Sonja das sieht, bringt sie dich um.»
«Ach was. Wegen dieser einfühlsamen, zur Selbstreflexion anregenden Geschichte wird Sonja zu mir zurückkommen und mich als sensiblen Menschenkenner loben.»
«Sonja wird dir ein rostiges Messer in den Bauch stossen.»
«Lies weiter! Bis zum Happy End! Wo wir uns gegenseitig Nutella aus dem Bauchnabel lecken!»
«Keinen Satz lese ich mehr. Und wenn du Glück hast, liest sie's auch nicht. Wer liest schon *Bierglaslyrik.*»
«Sonja liest *Bierglaslyrik*. Sie ist im Gönnerverein.»
Und da machte Max etwas, das man nicht macht in einer Freundschaft. Er nutzte meine Verletzlichkeit aus. «Manno, hör mal, Liebeskummer hin oder her, ich wäre trotzdem froh, wenn du nach dem Rasieren die Haarstoppeln im Lavabo runterspülen könntest.»
«Du bist schon ein Schafseckel von einem Freund», sagte ich.
«Wirklich.»
«Ein Tipp», sagte Natascha. «Schick Sonja Rosen. Sie wird den Strauss in hohem Bogen auf den Kompost werfen. Schick wieder Rosen. Und wieder. Ich rechne ungefähr in der ersten Juniwoche mit einer vollständigen Versöhnung.»
Als ich bei Sonja vorbeiging, um ein paar Sachen von mir zu holen und ihr Gelegenheit zu geben, sich für den Rosenexzess zu bedanken, kam heraus, dass sie alle meine Besitztümer der Heilsarmee geschenkt und die Parkbänke der Sperrgutabfuhr übergeben hatte.
«Sonja, was machst du? Meine Parkbanksammlung ist eine Sammlung von öffentlichem Interesse!»

«S. legt jeden Meter an Gewicht und Selbsthass zu, he?»
«Hast du das Happy End nicht gelesen, Sonja? Die Nutella-Stelle im Sonnenuntergang?
«S. saugt C. den Bauchnabel aus und stöhnt dazu: ‹Oh du mein Stinkerchen.› Meinst du das, he?»

4

Ich werde einsam und allein sterben, und man wird mich erst finden, wenn der Gestank schon durch die Wohnzimmertür dringt.
«Das möchte ich nicht erleben müssen», sagte Max. «Schon gar nicht, solange du in meiner WG herumdümpelst. Christoph, es ist ganz einfach: Soll Sonja zu dir zurückkommen, dann musst du ihr das Leben retten. Operation Prinz rettet Prinzessin.»
«Max, du hast zu viele amerikanische Filme gesehen.»
«Nein, ich habe die Sache bis ins letzte Detail durchdacht. Wir treffen Sonja wie zufällig an der Aare. Sie ist am Joggen. Wir schauen den Fischen zu, die sich lustig im Kehrwasser tummeln. Auf dein Stichwort: Schau dort, die Regenbogenforelle! beugt sich Sonja neugierig vor. Ich schubse sie wie unabsichtlich, Sonja fällt, taucht, kämpft um ihr Leben, du hechtest hinterher und ziehst sie raus. Ihr schaut einander an, Rückkoppelungseffekte und so fort. Das wird sie weichklopfen. Kannst du den Rettungsgriff? Gut. Dann ist die Bahn frei.»
«Aber Sonja schafft es aus eigener Kraft ans Ufer.»
«Das spielt keine Rolle. In ihren Augen wirst du auf ein ganz anderes Niveau gehoben. Du wirst nun für immer der Mann sein, der sie vor einem nassen Grab bewahren wird, wenn's drauf ankommt. Glaub mir's: Ihr werdet noch an Ort und Stelle Standesamttermine festlegen.»
Ich hätte ein ungutes Gefühl bei der Sache, sagte ich. Was für Regenbogenforellen in der Aare er denn genau meine?
Doch ich hatte das Herz auf dem rechten Fleck. Pünktlich um Viertel nach vier stand ich auf meinem Posten. Wegen einer

kleinen Planänderung stand ich auf der Nydeggbrücke. Als Max auf der Brücke eintraf, sekundiert von Natascha, schaute ich auf den Fluss, bleich vor Angst, und wünschte mir einen Schwimmring. Natascha wünschte mir viel Glück bei den bevorstehenden Wasserspielen.
Und dann kam sie angetrabt, Sonja, im selbstkritischen 700-Kalorien-pro-Stunde-Tempo. Ich verspürte ein gewisses Unbehagen. Seit ich die kontrovers diskutierte Geschichte zu ihren charakterlichen Defiziten veröffentlicht hatte, waren wir einander eher ausgewichen.
«Hallihallo, Sonja», sagte Max, «alles klar, wart rasch.»
«Ihr steht einer fülligen Frau im Weg», sagte sie.
«He, nicht schlecht, Sonja, kennst du Natascha schon? Natascha, Sonja. Sonja, Christoph...»
Sie schaute mich mit funkelnden Augen an. Apropos, weiss jemand, wie man in diesem Land zu einem Auftragskiller kommt?
«Sonja, das ist nicht fair. Mich haben deine Rundungen nie gestört. Du bist viel zu hart zu dir. Nimm dir ein Beispiel an Natascha. Sie ist ja auch nicht gerade das, was der Bauernkalenderfotograf sucht, wenn er die Kamera auf die Weide stellt und den Horizont nach etwas absucht, das er in Thermounterwäsche um eine Heugabel gewickelt neben einem Misthaufen ablichten kann. Rund, na und, sagt sie sich...»
Natascha beugte sich gestikulierend über die Brücke. Schaut! Drüben im Bärengraben! Die Grossen fressen die Kleinen!
Auf dieses Stichwort hätte sich Sonja nun ebenfalls vorbeugen sollen und Max hätte zur Tat schreiten können. Doch Sonja beugte sich keinen Millimeter über die Brücke, im Gegenteil, sie drehte sich um und rannte die Gerechtigkeitsgasse auf und davon.
«Ich habe es gewusst», sagte ich. «Ich habe von Anfang an ein ungutes Gefühl gehabt.»
«Ungutes Gefühl, hallo?», rief Max. «Ich sehe nur, wie du deine Aufenthaltserlaubnis in meiner Wohnung Woche um Wo-

che verlängerst, in Boxershorts, mit deiner Haarbürste als Mikro – wer fragt *mich* mal nach *meinen* unguten Gefühlen?»
Und das jagte mir den Nuggi raus. Max dachte immer nur an sich. Als hätte ich nicht grössere Probleme.
Ich gab ihm den Stoss, den er für Sonja geplant hatte.
Max fiel mit einem überraschten He! über die Brücke und klatschte der Länge nach in den Fluss. Und Natascha, in der Rolle von Pamela Anderson als Rettungsschwimmerin in Malibu, sprang voll konzentriert hinterher.
Max schlug mit den Armen aufs Wasser, Natascha pushte ihn zum Ausstieg, sie stiegen tropfnass raus, sie schauten sich an, Operation Prinzessin rettet Prinz, und dann passierte das, wofür man in Fachkreisen komplizierte Diagramme und Rückkopplungseffekte an die Tafel zeichnen muss.
Und ich fragte mich, was meine Freunde machen würden ohne mich.

5

Als Max und Natascha auszogen und mir ihre Wohnung überliessen, organisierte ich eine Abschiedsparty. Mein neuer Mitbewohner, ein Sportstudent aus dem Thurgau, Dani oder Andi oder so, lud ein paar Turnlehrerinnen ein, die ich weder kannte noch kennenlernen wollte. Denn ich wollte – Natascha.
Und ich schwöre: Bis zu diesem Moment war mir gar nicht bewusst gewesen, dass ich Natascha nicht nur freundschaftlich-kollegial verbunden sein wollte.
Dort, wo ich herkomme, aus dem Emmental, aus einer Gegend, die nicht überschüttet wird mit Schönheiten, dort bezeichnet man eine Gestalt wie Natascha als eine «rassige».
Jetzt, am Fest, stand sie in einem afrikanisch angehauchten Gewand wie eine weisse Massai da. Und mir schien, als müsse man Natascha auf die gleiche Stufe stellen wie Jennifer Lopez, mit ihren diamantgleichen Augen und den starken gebärwilligen Hüften.

Die Liebe kann Freundschaften gefährden. Etwa, wenn man das Gefühl hat, dass die Freundin des besten Freundes besser zu einem selber passen würde als zu ihm. Ich schaute sehnsüchtig zu Natascha und sie zu mir, dann flüchteten wir vor dem Rest der Gesellschaft auf die Terrasse.

Ich fragte mich, ob das der Moment sei, um Natascha mit einem meiner unwiderstehlichen Sprüche zu umwerben. «Natascha, ist dein Vater ein Räuber? Hat er die Sterne vom Himmel gestohlen und in deine Augen getan?»

Aber Natascha warf meine Pläne über den Haufen und erklärte mir, warum es mit Max und ihr gut kommen werde.

«Warum denn?»

«Weil wir uns sinnlos gernhaben! Ist dir das auch schon aufgefallen, Max riecht so gut.»

«Max schweisselt! Er riecht wie ein toter Fisch, der seit drei Tagen an der Sonne liegt. Wenn Max allein sein will, muss er nur im Unterleibchen in die Küche kommen.»

«Christoph, ich bin schwanger.»

«Tut mir leid.»

«Nein, nein, es ist ein Wunschkind.»

«Und als Nächstes erzählst du mir, dass ihr nächsten Monat heiratet.»

«Genau.»

«Ihr wollt heiraten und eine Familie gründen und das ganze Volltrottelprogramm?»

«Wir möchten dich fragen, ob du Pate unseres Kindes wirst.»

Das ist das Grösste, was eine Freundschaft zu bieten hat: sich keinen Zwang antun. Sich nicht wie sonst im Leben zusammenreissen müssen, sondern ganz sich selbst bleiben dürfen. Ich hätte jetzt heucheln können: «Pate? Wenn du mich jedes Jahr sanft an den Geburtstag erinnerst, dann sicher, easy.»

Aber völlig ungezwungen sagte ich: «Bist du nicht ganz gepickt? Ich soll Pate werden beim Kind meiner aktuellen Traumfrau? Schau mich an, Natascha, komm zur Besinnung.

Denk daran, wie ihr zwei euch verliebt habt. Unter der Nydeggbrücke, diese Mischung aus *Flipper* und *Titanic*. Das ist doch nicht seriös! Das Leben ist schon schwer genug, du willst dich doch nicht noch ständig über Max' Sauberkeitsansprüche aufregen. Und Max würde mit einer Frau mit deinen diamantgleichen Augen sowieso nicht glücklich. Man muss es auch mal selbstlos von dieser Seite sehen. Um mit diamantgleichen Augen zurechtzukommen, muss man ein anderes Kaliber von einem Mann sein. Lass Max vom Haken. Treibe das Kind ab. Lass deinen Geruchssinn untersuchen.»
Max gesellte sich zu uns auf die Terrasse.
Was ist denn mit euch los? Warum zieht ihr solche Gesichter? «Nichts ist los», sagte ich. «Stossen wir an auf das Hochzeitspaar. Dir, Max, sage ich: Man müsste sicher lange suchen, um für Natascha einen besseren Mann zu finden als dich. Bald bist du ausstudiert und deine Schwiegermutter darf immer wieder mal glücklich vor dir den Mund aufreissen und fragen: Das da hinten rechts, ist das ein Loch? Und dir, Natascha, sage ich: Der Mensch darf Fehler machen. Eine Ehe ist kein unkorrigierbarer Irrtum.»
«Merci, Manno, eine Hochzeitsrede, nicht schlecht. Hör mal, ich bin ja dagegen, aber Natascha möchte dich fragen, ob du Pate...»
«Easy.»

6

Da blieb mir nur noch, mich so rasch wie möglich von meiner hoffnungslosen Liebe zu Natascha loszueisen.
«Liebe Sonja», schrieb ich meiner Ex. «Wie geht es dir so? Wollen wir mal wieder abmachen? Also, ruf mich an.»
Sonja schrieb zurück – und das ist das Letzte, was ich je von ihr gehört habe –, ich solle das Nötigste in einen Koffer packen und nach Südamerika auswandern.
Die Grenzen der Zivilisation lassen sich auch leichter überschreiten. Ich betrank mich eine Woche lang und machte ganz

wilde Sachen. Lehnte mich an S-Bahn-Türen, obschon das ausdrücklich nicht erlaubt ist. Und noch Wilderes: Klimmzüge, Rindfleisch, Clint Eastwoods Gesamtwerk. Nach dieser Testosterontherapie waren Natascha und Sonja und alle Frauen dieser Welt aus meinem Herz getilgt.

Als mir Max aus dem Geburtshaus von meinem frisch geborenen Patenkind ein abgrundtief hässliches Horrorfoto schickte, musste ich ganz lange hinschauen, bis das Baby mich von fern an seine Mutter erinnerte mit seinen diamantgleichen Augen.

7

Ist Freundschaft nur ein anderes Wort für *verlorene Kindheit*?

Mit dem Dreigangvelo die Abfahrt von den Beatushöhlen Richtung Merligen, mit einem jubelnden Serge auf dem Gepäckträger?

Serge war mein erster bester Freund.

Heute ist er irgendwas mit Immobilien in den USA, aber früher war er ein Held für mich.

Zum Beispiel damals im Konfirmationslager.

Der letzte Tag.

Serge und ich versteckten uns in der Speisekammer, um nicht die Unterkunft wischen und feuchte Papiertaschentücher zwischen den Betten hervorkramen zu müssen. Wir leckten Tiki, unsere Mäuler schäumten wie die von Kühen mit Rinderwahnsinn.

Und dann kamen sie: Petra, Janine, Yvonne, Sibylle und Jacqueline. Sie packten uns an allen Vieren und schleiften uns hinters Haus und fesselten uns an die Tanne. Und weil man als männliches Wesen nicht gern um Hilfe fragt, um Hilfe ruft oder um Hilfe schreit, waren wir an diese Tanne auch noch gefesselt, als alle andern ins Postauto stiegen und abreisten.

Man muss wissen – unser Konflager war in den freudlosen Achtzigerjahren. Die Sowjets und die Amis bauten atomare Mittelstreckenraketen und wir glotzten auf unsere Casio-Uhren mit Taschenrechnern und standen allen mit unseren BMX-Velos im Weg herum. Wir wussten nichts, wir sahen nichts, glaubten nichts und wenn der Pfarrer uns fragte: Warum wollt ihr euch überhaupt konfirmieren lassen? Dann schauten wir ihn an, als hätte er uns gefragt, was Ronald Reagan in Nicaragua zu suchen habe.

Am Montag fuhren wir mit dem Postauto Richtung Sternenberg. Vor der Unterkunft empfing uns unsere Köchin. Eine strenge, scharfzüngige Zürcherin, die doppelt so schnell redete und dachte wie unsereins und keine Energie mit Humor und Sanftmut verschwendete. Serge hatte jede Nacht Alpträume von ihr, aber gleichzeitig war er fasziniert. Er meldete sich freiwillig in die Küchen-Gruppe und unterwarf sich die ganze Woche ihrer Schreckensherrschaft.

Der Pfarrer wollte mit uns arbeiten. Wir liefen barfuss über ein Kletterseil, es gab Arbeitsblöcke, wo wir uns mit Themen auseinandersetzten wie: Beten ist weisse Magie. Oder: Sodom und Gomorrha: no risk – no fun.

Wir lagen lieber in unseren Nestern und erholten uns von unseren Wachstumsschüben und der Pfarrer schloss sich frustriert mit unserem Amaretto im Lagerleiterzimmer ein.

Am Freitag wollte er mit uns ein Frässpäckli für palästinensische Christen zusammenstellen. Aber wir, also Serge und ich, wir wollten unsere Carambar und Raider nicht hergeben und versteckten uns im Dachstock.

«Komm», sagte Serge, «wir probieren's mal mit schwarzer Magie.»

Wir formten aus Kerzenwachs eine Figur – wahnsinnig viel Wachs brauchten wir und verwerteten alle Fackeln für die Sternwanderung. Serge schlich in den Mädchenschlag und wühlte in Petras DDR-Rucksack mit Alu-Gestell und kam mit ein paar Schnipseln von ihrer Kleidung zurück: mit einem Bein Leggins, mit einem Fetzen von ihrem Fledermausärmelpulli. Wir kleideten die Wachsfigur ein und machten ihr mit Haarspray eine Petra-Frisur à la explodierter Fön – ich muss sagen, die Frauen sind schon besonders hässlich durch die Achtzigerjahre gestolpert. Wir Männer sind da gottlob weniger entwürdigend durch diese Zeit gekommen. Wir wussten immer: Mit weissen Tennissocken und einem Miami-Vice-Hawaiihemd kann man nichts verkehrt machen.

Serge behauptete, eine Voodoo-Puppe müsse man mit Blut einschmieren. Mit aller Mühe konnte ich ihn davon abhalten, im Zimmer der Köchin nach einer gebrauchten Binde zu fahnden.

Und dann schlugen wir unsere Petra-Voodoo-Puppe gegen den Dachbalken und sangen *Kumbaya My Lord*. Serge klopfte mir auf die Schulter und rief: «Also, wenn das jetzt nicht ein schöner Moment ist, dann weiss ich nicht, was schön ist!»

Ich gebe zu, es lief mir schon kalt den Rücken runter, als am Abend, beim Abendessen, Petra fast an einer Älplermagrone erstickt wäre. Ausser dass ich in sie verliebt war, hatte ich nämlich gar nichts gegen sie.

Petra schnappte nach Luft, die Köchin schlang die Arme um sie und presste die Älplermagrone aus ihr heraus und brach ihr fast den Brustkorb. Serge fielen vor Bewunderung fast die Augen aus dem Kopf. Zwanzig Jahre später heiratete er in Amerika genauso eine Domina.

Die Mädchen, rachsüchtig wie sie waren, fesselten uns mit dem Spür-mich-Kletterseil an die Tanne hinter dem Haus.

«Petra, sorry wegen der Leggins, willst du unsere langen Calida-Unterhosen zur Wiedergutmachung?»

Der Pfarrer scheuchte die Klasse ins Postauto und überliess Serge und mich den Krähen und der Ewigkeit. Ich stellte mir vor, wie der Pfarrer im Postauto seine Konfirmationsklasse durchzählte. Völlig entkräftet und erschöpft merkte er, dass zwei fehlen, aber es war ihm einfach nur egal.

8

An eine Tanne gefesselt hat man viel Zeit. Zeit, um mit sich und der Welt in Konflikt zu geraten.
Niemand kam, um uns zu befreien. Kein Pfarrer, keine Nena mit Stirnband und Stulpen, kein nackter Ausserirdischer auf der Suche nach einer Telefonkabine.
Und wurde langsam kalt an der Tanne. Das Wetter im Zürcher Hinterland erinnerte an Schottland. Wir fingen an zu philosophieren, wir fragten uns, wie wir als Gott den Menschen geformt hätten. Wenn grad niemand aufgepasst hätte. Nach den Griechen formten die Götter den Menschen aus Ton und hängten ihm von verschiedenen Tieren Eigenschaften an. Vom Hund die Dummheit, von der Ameise das Krüppeln-bis-du-tot-umfällst, vom Nacktmull den Ehrgeiz, glatt rasiert durchs Leben zu gehen.
«Wenn ich den Menschen neu formen dürfte», sagte Serge, «dann hätte er ein Hirn, höchstens so gross wie eine Baumnuss. Unser Planet geht zugrunde, weil unser überdimensioniertes Hirn unfähig ist, sich runterzudimmen. Wir meinen, aus allem das Beste machen zu müssen, und verschlimmern nur alles. Tschernobyl, Treibhausgase, Milli Vanilli. Mit einem kleineren Hirn würden wir, wie andere Tiere auch, nur herumliegen und ein paarmal präventiv knurren, wenn etwas vorbeigeht, das wir nicht kennen.»
Als uns endlich die Köchin entdeckte und auf uns zulief, in jeder Hand ein Küchenmesser, gefror mir das Blut in den Adern. Aber Serge hörte auf, *Lady in Red* zu summen und seufzte: «Also, wenn das jetzt nicht ein schöner Moment ist, dann weiss ich nicht, was schön ist.»

Nach der Schulzeit verloren wir uns aus den Augen. Serge zog irgendwann in die USA. Übers Internet machte er mich ausfindig. Er lud mich an seine Hochzeit nach Texas ein. Was soll ich dort, fragte ich mich, aber: Es gibt unbezahlbare Freunde. Und käufliche. Serge bezahlte mir den Flug.

Eine Freundschaft gründet auf dem Willen, und der Wille gründet auf einem guten Gefühl. Erlischt dieses Gefühl, erlischt die Freundschaft. Ich merkte, dass es nicht mehr wie früher war, als mich Serge am Flughafen abholte in seinem Premium-Geländewagen.
Serge schwärmte von diesem Monsterauto, vom Rammschutz, von der Rückfahrkamera, und dann sagte er: «Also, wenn das nicht ein schönes Auto ist…»
«Stopp, Serge, bitte, sag's nicht. Verdirb mir nicht den unerhörtesten Satz, den du mir je gegeben hast.»
Denn für diesen Satz bewundere ich ihn noch heute. Serge gehört zu den Menschen, die merken, wenn sie's gut haben. Denke ich an ihn, rüttelt es mich auf. Ich schaue um mich und sehe vielleicht einen Mäusebussard in der Luft oder ein lachendes Kind oder ein Messband, das sich schlängelt… Oder damals, als ich mit Amir auf der Post gearbeitet habe: Wir klopfen leere Postsäcke aus und falten sie, Flugpostsäcke aus Vietnam, Südkorea, Ghana, Argentinien. Magische Momente. Und in so einem Moment bediene ich mich der hoffentlich nicht urheberrechtlich geschützten Bemerkung von Serge und rufe aus: «Also, wenn das jetzt nicht schön ist, dann weiss ich nicht, was schön ist!»
Irgendwann wird dieser Satz alle anderen Sätze überflügeln und ebenso unsterblich werden wie: «To be or not to be.» Oder: «Gring ache u seckle.»

9

Amir und ich, wir arbeiteten auf der Post. Ich als Hilfskraft, Amir als Festangestellter. Er war der einzige Festangestellte, der nicht darüber stänkerte, dass der erste August in diesem Jahr auf einen Sonntag fiel. Wir schoben Frühschichten und wir schoben Nachtschichten, wir warfen Pakete und Postsäcke in die Güterwagen auf dem Bahnhof, wir plauderten dazu über Reisen, Drogen, Frauen, manchmal auch über Persönliches.

«Amir. Ich möchte meine gesammelten Anti-Liebesgeschichten drucken lassen. Kannst du mir fünftausend Franken vorschiessen?»
«Hä?»
«Fünf Tonnen. Druckkostenzuschuss.»
«Mann, geh weg.»
«Amir, wir haben zusammen bei strömendem Regen auf Perron drei ausgeharrt. Wir haben Fertigpizza geteilt. Wir haben im Pausenraum zusammen Glühwein gekocht, mit Traubensaft und Kräutertee. Wir sind Blutsbrüder, Seelenverwandte. Wie Pablo Neruda und der Postino. Und nun willst du mir kein Geld leihen, weil du zweifelst, ob unsere Freundschaft diese Belastung aushält?»
«Verkauf eine Niere», sagte Amir. «Verkaufe alles, von dem du eins zu viel hast: dein schwaches Bein, die linke Hand, eine Arschbacke. Arschbacken wachsen aus dem Nichts hervor und schwabbeln nur ziellos in der Gegend herum.»
Wir warfen Pakete in den Güterwagen – Express, Sperrgut und Tiere. Heute zum Beispiel einen Fasan. Ich sehe ihn nicht richtig, weil die Luftlöcher zu klein sind.
«Amir, ich will mit dir nicht streiten, für so was gibt's Mitbewohner und Vorgesetzte und Verwandte, aber ...»
«Aber?»
«Ich zahle dir so viel Zinsen, wie du willst.»

10

Wie kommt man in sinnlos kurzer Zeit zu extrem viel Geld? Diese Frage kam mir nicht nur wichtig vor, sondern auch dringend.
Ich klapperte alle Kreditinstitute ab. Ich fing bei den seriösen an, dann immer weiter runter.
Bundesplatz, Eigerplatz, Bümpliz.
Krawatte, Goldkette, Menschenzahnkette.
Aber niemand wollte einem Möchtegernschriftsteller Geld leihen, damit er seine Memoiren schreiben konnte.

Ich machte mir eine Liste mit meinen Möglichkeiten. Als ich die Liste dem Hund meines Mitbewohners vorlas, Napoleon, zog er den Schwanz ein. Fremde Portemonnaies ausweiden, Drogenhandel, Menschenhandel, Kidnapping ... Am nächsten Morgen klopfte es an der Tür, Frau Schmutz stand davor und ich entführte sie.

Frau Schmutz wohnte im Stock unter uns. Sie hatte weisse Haare, sie trug eine Bluse aus dem Manor und orthopädische Schuhe, sie ging auf die neunzig zu und konnte nicht mehr lesen. Manchmal machte ich ihr einen Verveinetee und las ihr eine Stunde aus der Zeitung vor. Heute nicht. Heute hatte ich keine Zeit. «Frau Schmutz», fragte ich, «würde es Ihnen etwas ausmachen, einen Moment auf Napoleon aufzupassen? Dort drüben liegt das Frolic, nun, Sie wissen ja Bescheid.»

Zur Sicherheit schloss ich die Tür hinter mir ab.

Zehn Minuten später stand ich in der behindertengerechten Telefonkabine auf der Grossen Schanze. Ich legte ein Taschentuch über die Sprechmuschel, wie man es beim Tatort gelernt hatte, und rief den Sohn von Frau Schmutz an.

«Freddy Schmutz?», sagte ich. «Wir haben deine Mutter entführt. Wir wollen fünfundzwanzigtausend Franken. Du hast zwei Stunden. Die Übergabe findet in der Kornhausbibliothek statt. Schieb das Geld hinter die Robert-Walser-Gesamtausgabe. Ein einziges Wort von dir zur Polizei, und wir bearbeiten das Gesicht deiner Mutter mit Hammer und Meissel. Mal sehen, ob du an Familienfesten dann noch beliebt bist.»

Als ich zurückkam, wollte Frau Schmutz gehen.

«Aber ich habe Ihnen ja noch gar nichts vorgelesen!», sagte ich. «Setzen Sie sich, Frau Schmutz.»

Aus dem Stand erzählte ich ihr die herzzerreissende Geschichte von diesem talentierten Schriftsteller, der keine anderen Wünsche hatte als fünfundzwanzigtausend Franken bar auf die Hand, um so richtig loszulegen.

Ob alles in Ordnung sei mit mir, fragte Frau Schmutz, meine Stimme zittere, vielleicht sollte ich es mal jemandem zeigen? Ein Mann gehe nie zum Arzt, sagte ich. Wir schauten Napoleon zu, wie er Frolic frass und Chappi und Pedigree light, und irgendwann schlief Frau Schmutz auf dem Sofa ein. Ich konnte in aller Ruhe nachschauen, wer da den Finger nicht von meiner Klingel nahm.

Ein sehr angespannter und tief besorgt wirkender Freddy Schmutz stand vor der Tür.

Ob ich seine Mutter heute gesehen hätte. «Nein, wieso fragst du? Ist etwas passiert? Entführt? Das ist ja schrecklich! Man darf sich das gar nicht vorstellen: Die gute Frau Schmutz in einem kalten, dunklen Kellerloch, angekettet, einsam, Hunger, hilflos.» Er müsse das Lösegeld bezahlen! Sofort! Seine arme Mutter!

Freddy nickte verzweifelt und heulte in meine Schulter und ich wurde ganz euphorisch. Ich bereute schon, dass ich nicht hunderttausend gefordert hatte.

Hinter Freddy Schmutz tauchten zwei Polizisten auf. Mein Reichtum löste sich in Luft auf. «Nein, ich habe nichts gehört, nichts gesehen. Hat man denn schon irgendeine Vermutung zur Täterschaft?»

Die Polizisten schüttelten den Kopf. Ich schüttelte auch den Kopf. «Diese Sauhunde», sagte ich, «eine wehrlose Dame kaltblütig kidnappen. Ich hoffe, der Gefängniswärter wird die Zellentür nicht nur abschliessen, ich hoffe, er wird die Gefängnistür zuschweissen.»

Als die Luft rein war, weckte ich Frau Schmutz und begleitete sie in ihre Wohnung. «Frau Schmutz, wenn Sie jemand fragt, wo Sie heute Morgen gewesen sind, dann bitte sagen Sie nichts davon, dass Sie bei mir oben gewesen sind. Wir sind doch alte Freunde, nicht? Und Freunde sind Menschen, die einem helfen, ohne dass man ihnen drohen muss.»

Später erzählte Frau Schmutz der Polizei tatsächlich, sie habe einen langen Spaziergang an der Aare gemacht.

Sie tat das nicht nur mir zuliebe. Denn wer liest ihr aus der Zeitung vor, wenn ich hinter Schloss und Riegel versauere? Man hat ihr bestimmt nicht geglaubt, aber Frau Schmutz wird ein Gesicht gemacht haben wie jemand, der schwer von Begriff ist und den man besser in Ruhe lässt.

11

War ich knapp bei Kasse, arbeitete ich eine Woche auf der Post oder ich rief Herrn Topalidis an, und wenn ich Glück hatte, schickte er mich als Reporter auf die Piste.

Herr Topalidis war Besitzer und Herausgeber einer Zeitung in Bern. Die Zeitung hiess *Gäng Gärn Bärn,* wurde wöchentlich und gratis in die Briefkästen verteilt und war erschreckend beliebt. Wer sich vor dem *Blick am Abend* fürchtet, kennt *Gäng Gärn Bärn* nicht. Im Prinzip ging es Herrn Topalidis natürlich nur darum, ganzseitige Inserate zu platzieren und die Gewerbetreibenden von Bern zu melken.

Kein Ereignis war mir zu dumm, um für hundertfünfzig Franken für zweitausend Zeichen loszurennen: Oster-Events, Blutspendeaktionen, Geburtstage von prominenten Stadtpeinlichkeiten. Und all die schauderhaften Messen: BEA, Eigenheimmesse, Jagen Fischen Schiessen. Mein grösster Hit war ein Interview mit einer Frau, die auf dem Bundesplatz von einer fliegenden Sau umgekübelt wurde. Frau Holzhaus war mit den Einkäufen Richtung Bushaltestelle unterwegs, als plötzlich eine Sau durch die Luft schwirrte. Die Sau hiess Deborah und gehörte einem Tierschützer, der vor dem Bundeshaus für gerechte Tierhaltung demonstrierte. In den Luftraum befördert hatte das Tier ein Lieferwagen von Sanitär-Spengler Moser. Deborah traf Frau Holzhaus im Rücken. Die gute Frau liess sich aber wenig anmerken. Sie rappelte sich tapfer hoch und murrte nur: «Wer hat diese Sau geschossen?»

Einmal war ich zu spät mit einem Abgabetermin, weil ich beim Seifenkistenrennen am Klösterlistutz mein Patenkind verloren hatte.

In Panik war ich zwischen Hunderten von Zuschauern die ganze Strecke rauf und runter gerannt, während an mir Seifenkisten vorbeirauschten und in der Diabolica-Kurve Strohballen touchierten und Helme und Beifahrer verloren. Ich suchte mein Patenkind zwischen den geparkten Seifenkisten mit Namen wie *Yellow Dragon, Girl Dragon, Dragon Tiger* und *Dragon Dragon* und fand es schliesslich bepackt mit Pommes frites und Schoggikuchen unten beim Zelt vor der Rangverkündigung.

Herr Topalidis im Büro schäumte vor Wut.
«Sie sind zu spät, weil Sie auf ein Kind aufgepasst haben?» Er zündete mir mit seinem Laserpointer in die Augen. «So was tun nur Schwächlinge, die einem Kind nichts zutrauen.»
«Sie verdammter Idiot von einem Chef!», rief ich. «Dieses verbockte Seifenkistenrennen kostet mich dreihundert Franken Honorar und eine Tonne Nerven! Und was kommt Ihnen dazu in den Sinn? Wer hat Ihnen Mitarbeiterführung beigebracht, Sie Arschloch? Wer hat Ihnen erzählt, Sie könnten mit Menschen zusammenarbeiten? Ihr einziger Sinn und Zweck ist es, uns zu helfen. Nicht uns zu vögeln. Uns zu helfen, wenn wir Journis rausgehen, um ein paar Zeilen für das beschissene *Gäng Gärn Bärn* zusammenzukratzen. Ein Tyrann wie Sie muss sich nicht wundern, wenn er mal tot hinter dem Schreibtisch zusammenbricht, durchbohrt vom eigenen Laserpointer!»
Da musste Herr Topalidis lachen. Er hatte ein wundervolles, den ganzen Raum füllendes Lachen. Es kühlte die Luft wie ein lauer Sommerregen. Und dieser Moment war der Anfang einer Freundschaft. Einer sich stetig vertiefenden Freundschaft – mit verhängten Stunden in seinem Büro, mit Backgammon und bösen Kommentaren über die Bundeshauptstadt.
Wir waren uns beide einig: Bern und Berner sind furchtbar. Wenn man einen Berner auf der Strasse verzweifelt darum

bittet, kurz sein Telefon zu gebrauchen, Notfall in der Familie oder so, dann sagt er: «Da kann ja jeder kommen.»
Fragt man einen Berner, ob er in seinem Umfeld Menschen habe, die er ohne Vorwarnung besuchen könne, sagt er: «Nein, und ich würde es niemandem raten, das bei mir zu probieren.» Liest man einem Berner Kind *Hänsel und Gretel* vor, weint es vor Mitleid, wenn die Hexe im Ofen verbrennt. Alles sei besser als Bern, pflegte Herr Topalidis zu sagen. Der Aargau zum Beispiel. Umspielt vom Wasserdampf der Kühltürme geben die Menschen im Aargau ihren Liebsten liebevoll-melancholische Spitznamen: Den VW Golf taufen sie *Blitz*, den Ford Mondeo *Marianne*, der Toyota Corolla heisst *Freiheit*, der Opel Corsa *Mis Heimetli*, das Elektrobike *Es-goot-nümm-lang*. Es war so eine sich stetig vertiefende Freundschaft, dass ich dachte, ich könne Herrn Topalidis um einen Kredit anhauen.

12

Ich wollte alles auf eine Karte setzen. Mir ein Jahr Zeit kaufen. Mich in der Schreibstube einschliessen und etwas Nennenswertes zur Weltliteratur beitragen.
Wenn Sie Ihre Eltern quälen möchten und nicht den Nerv haben, Kriegsfotograf zu werden, können Sie es immer noch mit der Schriftstellerei probieren.
Ich wollte Herrn Topalidis um 25'000 Franken anpumpen. Wäre ich Engländer, würde ich einfach das Adelsverzeichnis durchblättern und mir so einen Mäzen suchen. Hier musste ich es auf gut Glück mit dem einzigen FDP-Wähler versuchen, den ich kannte.
«Hören Sie zu, Herr Simon.» Herr Topalidis winkte mich zu sich, bevor ich mit Betteln loslegen konnte.
«Ich wette, Sie haben gedacht, mir wäre die brillante Arbeit, die Sie für *Gäng Gärn Bärn* leisten, noch gar nicht aufgefallen, stimmt's? Jetzt kommt's ganz dick, junger Mann: Zum Dank dürfen Sie an meiner Stelle an dieses wundervolle Kinderkonzert. Die Tür zum Erfolg steht Ihnen weit offen!»

«Danke, Herr Topalidis. Da wäre noch was.»
Als Bettler muss man wissen, wann das Eisen heiss genug ist, um geschmiedet zu werden.
«Können Sie mir fünfundzwanzigtausend Franken borgen?»
«Nein.»
«Wollen Sie nicht zuerst wissen, wofür?»
«Nein.»
«Tja, alles klar. Wenn das so ist, dann vergessen wir das Kinderkonzert. Dann streiche ich Sie nämlich aus meinem sozialen Umfeld und schlage mich von jetzt an ganz allein durch die Welt.»
Das Kinderkonzert war ganz charmant. Zweihundert schonungslos aufgedonnerte Kinder krächzten *Luegid vo Bärg u Tal*. Ich sass stockbetrunken mitten im Publikum. Ich lag einem Vater in den Armen, der ein verwackeltes Filmchen drehte. Wir hatten beide Tränen in den Augen, als wir mit den Kindergärtlern zusammen sangen: «S'isch heiss, s'isch heiss, mir schwitze wi ne Geiss.»

13

Ich würde die Sache falsch anpacken, sagte mir Amir auf der Post beim Debriefing. Wolle man jemandem das Geld aus der Tasche ziehen, müsse man eine glasklare Strategie fahren und sich vernünftige Argumente zurechtlegen.
Also überlegte ich mir eine Strategie und Argumente und lud Herrn Topalidis zu mir zum Abendessen ein. Ich drückte Knoblauch in ein Gigot, überwachte die Backofentemperatur und seifte ihn so ganz elegant und nebenbei ein.
«Bravo», Herr Topalidis, «*Gäng Gärn Bärn* ist doch so ungefähr die einzige Zeitung auf dem Planeten, die die Auflagenstärke noch steigert. Sie haben die Zeitung von Ihrer Mutter geerbt, habe ich gehört? Haben wahrscheinlich ein gutes Verhältnis gehabt zu Ihrer Mutter? War übrigens ganz vernünftig von Ihnen, nicht auf meine Bettelei einzugehen. Anderseits frage ich mich, ob man als begüterter Mensch nicht

irgendwie moralisch verpflichtet ist, seinen Wohlstand mit seinem Nächsten zu teilen.»
«Herr Simon, Sie wollen fünfundzwanzigtausend Franken.»
«Fünfunddreissigtausend. Ich rede manchmal ein bisschen undeutlich.»
«Ich finde es nicht gut, wenn Dichter zu viel Geld haben. Sie saufen so schon genug.»
«Herr Topalidis, es geht hier gar nicht um mich. Sie stehen an einer Kreuzung. Der eine Weg führt zu Elend auf weltkulturerblicher Seite, der andere führt zu Ihrem Seelenfrieden. Welchen Weg wählen Sie? Ich sehe Ihre Mutter selig vor mir, im Himmel oben, wie sie sich gerade dieselbe Frage stellt. Ich sehe sie dort oben auf ihrer Wolke, sie schaut, sie wartet. Wird sich mein Sohn als anständiger Mensch erweisen? Enttäuschen Sie sie nicht, Herr Topalidis.»
«Wann gibt's das Gigot? Braten sollen Sie das Fleisch, nicht einäschern.»

«Amir, ich habe eine glasklare Strategie und vernünftige Argumente, ich habe ein totes Schaf und eine tote Mutter ins Rennen geschickt, und es hat alles nichts genützt. Ich schreibe vor der Frühschicht, ich schreibe nach der Nachtschicht. Mache ich so weiter, habe ich in fünfzehn Jahren meinen ersten Haiku fertig. Was soll ich machen?»
Ein paar Wochen später übergab mir Amir ein Couvert mit zehntausend Franken.
«Neruda junior, ich gebe dir das Geld, nicht weil ich denke, dass ich es je zurückbekomme, aber ...»
«Aber du glaubst an mein schwindelerregendes Talent?»
«Ich habe in der letzten Zeit viel Zeit bei den Ärzten verbracht und es hat sich herausgestellt, dass meine Gesundheit nicht ganz tipptopp ist.»
«Amir, wovon sprichst du? Was meinst du mit ‹nicht ganz tipptopp›?»

14

Auch wenn man es ihm lange nicht ansah: Amir, dieser Koloss von einem Mann, mit breit geschlagener Boxernase und zwei Ohren wie die Henkel einer unzerstörbaren osmanischen Vase, war todkrank.

Als er nicht mehr arbeiten konnte, besuchte ich ihn daheim, und als dies nicht mehr möglich war, im Spital. Es ging rasch bergab mit ihm. Ich vermisste ihn schon, bevor er gestorben war. Ein Arbeitskollege, ein Mensch, von dem ich kaum den Nachnamen wusste.

Im Spital roch es nach Pilzsalbe und nach Eiercognac-Duschgel wie in einer Schweizer Militärkaserne. Amir sass auf dem Bett und las Todesanzeigen. Schau nur, der ist fünfzig Jahre älter geworden als ich. Er saugte am intravenösen Plastikschlauch, den er aus seinem Arm gezogen hatte.

«Amir, das gehört nicht in den Mund.»

«Ich habe Durst.»

«Ich hole uns was aus dem Restaurant.»

«So viel Zeit habe ich nicht mehr. Das ist gar nicht so schlecht. Man muss nur die Tropfgeschwindigkeit genau justieren. Willst du probieren?»

Mir reichte es. Ich hievte Amir aus dem Bett in den Rollstuhl. Es war ein Geschleipf, mit Rollstuhl und Infusionsständer, aber wir schafften es in den Lift und durchs Bettenhochhaus rauf ins Panoramarestaurant.

Amir wünschte ein Glas Wein. Ich rief Herrn Topalidis an, er solle eine Flasche Bordeaux bringen. Auf meine Kosten. Hier oben gebe es nur Merlot mit Schraubverschluss.

«Du musst sparsamer leben, Dichter Simon.»

«Tue ich ja schon. In der Migros lege ich Auberginen und Fenchel auf die Waage und tippe 7 für Rüebli, die sind billiger. Das ist mein Migros-Kulturprozent.»

Ich schob Amir auf die Terrasse. Das Restaurant Panorama hiess Panorama wegen des Panoramas über die Stadt und die Alpenkette.

«Die Alpen sind schon immer verschneit», sagte ich.
Amir sagte nichts.
«Herr Topalidis kommt jeden Moment. Willst du ein Glas Wasser oder sonst was?»
Amir sagte nichts. Reglos sass er da, die Hände auf den Knien.
«Amir? Amir.»
Sein Kopf lehnte gegen die Kopfstütze, die Augen offen, der Mund auch, ein Gesicht wie ein angewiderter Gastrokritiker. Müsste ich jemandem Bescheid geben? Einen Krankenpfleger rufen? «Excusez, würden Sie bitte mal die Leiche hier übernehmen?» Aber wenn Pfleger und Bestatter anfangen, sich um Amir zu kümmern, habe ich ihn innerhalb von fünf Minuten verloren. Das pressiert nicht.
Herr Topalidis sah sofort, was los war.
«Er ist tot.»
«Ich weiss.»
«Dann brauchen wir nicht drei Gläser.»
Wir tranken und betrachteten die heimatlichen Alpen in der Ferne. So neben einer Leiche wurden wir philosophisch.
«Was macht das Leben lebenswert, Herr Topalidis?»
«Reichtum. Viel Geld erben und dann vor eine kaufmännische Abschlussklasse stehen und ihr das Märchen erzählen: ‹Wenn ich's geschafft habe, könnt ihr es auch schaffen.›»
Was macht das Leben lebenswert? Alle singen: die Liebe. Nun, die Liebe war sicher nicht das Schlimmste auf der Welt. Aber es war doch schon einigermassen unerfreulich, wenn man zum Beispiel in eine Briefträgerin verliebt war und inbrünstige Postkarten schrieb und später Zeuge wurde, wie die Briefträgerin die heissesten Passagen der Postkarten am Weihnachtsessen der ganzen Belegschaft vorlas.
Eine Familie vielleicht. Das macht das Leben lebenswert. Mit den Kindern im Herbst in die Ferien nach Sardinien. Wo man sie mit Sonnenschutzfaktor fünfzig einsalbt und sie dieses eine Mal im Jahr Nutella haben dürfen zum Frühstück. Aufs Brot, nicht zum Spielen. Am Strand muss das Kind sein

Apfelgrübschi dreissig Meter durch den Sand tragen bis zum Kübel. Brav sein und bleich bleiben als Familienleben-Höhepunkt.
Spass haben, sich vergnügen – das macht das Leben lebenswert. Aus einer dunklen Ecke springen und der Schwester Angst einjagen. Im Restaurant Menü eins *und* Menü zwei bestellen, wenn einen beide gluschten. Den Mitbewohner mit Teppichklebeband ans Karussell kleben und nie mit Drehen aufhören. Auf der Strasse Leute herumschubsen und von ihnen wissen wollen, was es da zu schubsen gebe.
Was macht das Leben lebenswert? Ich weiss es nicht. Das Leben ist ein düsteres Fest. Und Heimat ist, wo all sie sind: Amir, Herr Topalidis, Max, Natascha. Menschen, die mir ans Herz gewachsen sind, Menschen, die sich umeinander kümmern. Wir sind einander das grösste Geschenk. Gute Reise, Amir.

Das waren sie, meine Neunzigerjahre. Mitbewohner und Arbeitskollegen und Verliebtheiten, die sich in Freundschaften verwandelten. Und dazu das Couvert von Amir. Ich fragte mich: Bist du ein Geschichtenerfinder oder bist du ein Geschichtensammler? Sperrst du die Fensterläden zu und gehst in dich hinein, leistest einen Eid auf Armut und Keuschheit und weihst dich mit Leib und Seele der literarischen Erneuerung? Oder hockst du gemütlich in ein Café und schreibst ab, was in der Welt um dich herum passiert?
Ich hatte die zehntausend Franken von Amir. Und die verhockte ich nun, in der Gelateria Luna Llena, umgeben von Gewohnheitstrinkern, Stempelbrüdern, Klatschweibern und Provinzintellektuellen, und ich notierte, was um mich herum geschah, ordnete es und drückte es in Geschichten. Was natürlich genauso unnütz ist wie alles andere: einen Schmetterling auf einen Korken zu spiessen oder Sonnenstrahlen in ein Glas einzusperren oder einen Hund, den man geliebt hat, ausstopfen zu lassen. Aber so verliess ich die Neunziger: Ich bestellte eine grosse Schale Hag, nahm mein Patenkind auf

den Schoss und bastelte aus den Tagebüchern mein erstes Buch.

15

Was ich nicht kommen sah, als ich Pate wurde: Natascha und Max hatten mich nicht als Geschenkproduktionsmaschine vorgesehen, sondern als Babysitter. Hatte das vom Roten Kreuz zertifizierte Hüetimeitschi gerade keine Zeit, sprang ich ein. Weil ich ein guter Freund war. Und weil ich mir einredete, so neben dem zweihundert Franken teuren Playmobil-Piratenschiff der Patin mithalten zu können.

«Danke, dass du gekommen bist», sagte Natascha. «Dort drüben sind die Andersen-Märchen, du weisst ja Bescheid, bis später.»

Ich ging ins Kinderzimmer. Mein Patenkind war auf dem Hochbett und bewarf mich mit Duplos.

«Caramella, komm runter. Du darfst deine Sachen jetzt wegräumen und pischele. Du hast Hunger? Das ist nicht mein Problem, du hast gerade Znacht gehabt. Komm runter und hör auf, mit den Duplo um dich zu schmeissen. Zum Pischele brauchst du keine Stirnlampe. Ein Dar-Vida? Geh Zähneputzen. Dann schleck halt die Zahnpastatube aus! In diesem Ton gibt's nichts, Dar-Vida schon gar nicht. Warte, du bekommst noch Augentropfen. Die haben deine Eltern gekauft, die brauchen wir jetzt. Schau, wenn du den Kopf auf die Seite hältst, tropft es wie von selbst rein. Super, genauso, jetzt musst du nur noch das Auge öffnen. Nein, das setzen wir jetzt sicher nicht zusammen, das sind zweihundert Teile! Parat fürs Märchen? Es war einmal ein anstrengendes Kind, dreijährig. Hör auf, mich zu beissen, ich bin kein Dar-Vida. Und als das Mädchen einen Prinzen fragte: Willst du mich heiraten?, sagte er: Nein. Und der Prinz lebte recht lange recht glücklich und baute friedlich Duplotürme und pischelete, sobald es dunkel wurde – natürlich brennen die Tropfen, Caramella, das gehört sich so. Nein, die sind nicht giftig. Sicher stirbst du mal, aber an diesen Augentropfen wohl noch nicht. Nein, das ist nichts Schlimmes. Der Tod ist eine Erlösung. Wenn du selbst mal Pate bist, wirst du's wissen. Wohin gehst du? Einfach herkommen, hinlegen, einschlafen und durchschlafen! Was? Ich bin kein böser Mensch! Wenn deine Eltern heute im Open-Air-Kino vom Blitz erschlagen werden und du mit dem Köfferchen weinend vor meiner Tür stehst, dann schaue ich zu dir, ich sorge für dich und koche für dich, und wenn du eine Frage hast, bekommst du die Antwort von deinem Paten. Welches Adoptivkind auf dieser himmeltraurigen Welt hat ein so grosses Glück, hm? Dann geh doch zu deiner Patin, wenn deine Eltern sterben, mir doch egal! Hinlegen, Licht löschen! Beten? Du willst beten? Lieber Jesus im Himmel, solltest du nicht bald aufhören mit deinen Erdbeben und Tsunamis und heiligen Kriegen, schicken wir dir eine grosse Dürre in den Himmel. Amen. Hörst du, wie Jesus seufzt: Schade, eine grosse Dürre. Eine kleine Dicke wäre mir lieber. Das ist überhaupt kein alter Witz! Als ich ein Kind war, war der nigelnagelneu!»

16

Als das Patenkind endlich schlief, ging ich auf den Balkon und rief Herrn Topalidis an.
«Wie wär's, Herr Topalidis? Max hat einen neuen Kugelgrill. Sie bringen das Fleisch und ich hole den Wein aus seinem Keller.»
Ich war froh, waren Max und Natascha im Ausgang, denn sie hätten die spontane Grillparty nur sinnlos verkompliziert: Wein und Fleisch, richtig. Aber was für Fleisch? Hühnerbrust und progressiv ein paar vegane Bratwürste? Ein wenig Salat wär nicht schlecht, in unserem Alter. Fettfreier Dip. Teelichter und Proteinbrot. Haben wir genug kompostierbare Teller? Wollen wir für die Tischdeko mit einem Thema arbeiten? Je ne regrette rien, oder so? Wie lange darf man gemäss Quartierordnung überhaupt auf einem Balkon grillen?

Herr Topalidis kam und Andi oder Dani kam, und an ihnen hing eine ganze Traube Leute und diese Leute riefen andere Leute an und so standen wir bald zu Dutzenden wie Klammeräffchen auf dem Balkon, wo eben gerade genug Platz war, ohne dass allzu häufig jemand runterfiel.
Herr Topalidis briet einen gerupften Fasan, zu Amirs Ehren. Ich trank mich durch die Hausbar, um nicht als einziger Nicht-Besoffener aufzufallen. Wir sagten dem DJ, er solle ein wenig leiser drehen – hey, da schläft ein Kind im Kinderzimmer! Wir lästerten über abwesende Leute, und wenn diese Leute später auch zur Runde stiessen, redeten wir über die gute alte Zeit: Windows 98. Hanf statt Ritalin. Schwarze Wohnwände statt Küchenschubladen mit Softclose. Musste jemand aufs WC, beeilte er sich, weil er sich schon Sorgen machte, was die anderen hinter seinem Rücken über ihn sprachen.
Ein paar probierten im Garten mit Max' Rasenmähertraktor Slalom zu fahren.
Sie fuhren um mein Hochzeitsgeschenk an Max und Natascha: sieben grüne Bänkli.
Als Natascha und Max nach Hause kamen, waren sie erst ein bisschen baff wegen dieser Babysitterschwette und ziemlich schockiert darüber, was sie sahen: Caramella, von oben bis unten mit Zahnpasta verschmiert, die soeben mit der Zickzackschere den Fenstervorhang zerschnipselte, und ihr Pate, der nur stoisch-gelassen die Schultern zuckte und sagte: «Ich habe die Hausbar reorganisiert, ich kann nicht überall gleichzeitig sein.»
Aber unsere Gastgeber blieben cool: Natascha haute mir eine Kristallschale aufs Dach und holte Prosecco aus dem Notvorrat. Max wünschte uns noch viel Vergnügen und legte sich hin, mit Ohropax, Schlafmaske und Paracetamol. Ein ermutigendes Signal. Ich sagte zu Natascha: «Ich trinke Ouzo, was machst du so?»
Bevor sie sich in mich verliebte, brach in der Küche ein Feuer aus. Dani oder Andi kam schreiend herausgehüpft. Statt dass

wir in die Küche rannten und seine brennenden Fischstäbchen löschten, statt also das Nötigste zu unternehmen und herauszufinden, wer von uns eine Haftpflichtversicherung hatte, packten wir Dani oder Andi und warfen ihn über die Balkonbrüstung, wo er in den Teich mit den japanischen Kampffischen fiel. Operation Prinz muss nun halt selber schwimmen.
Und ich dachte sentimental: Hier will ich sein. Unter genau diesen Leuten. Bin ich hier, bin ich richtig. Wenn ich staune über so viele merkwürdige Menschen auf einem Haufen, dann staune ich über etwas Wertvolles.

Man weiss ja nie, wie's weitergeht, doch ich stellte mir vor, wie ich nach dem Fest am nächsten Morgen im Ehebett erwache, links von mir Max mit Schlafmaske und Zahnseideresten auf dem Pyjama. Rechts von mir – ein leeres Bett und ein überladenes Nachttischchen. Man bekam richtig Mitleid, wenn man sah, was die Eltern von meinem Patenkind auf dem Nachttischchen hatten: Ratschläge für erschöpfte Eltern. Änis-Kümmel-Fencheltee und Varianten. Erstes Haus und schon verschuldet. *Mein Kind wird selbstständig, ich auch.* Ich würde aufstehen und in den viel zu hellen Morgen blinzeln. Herr Topalidis würde unter dem Kugelgrill hervorkriechen und um einen Kaffee betteln, von mir aus auch Nescafé koffeinfrei. Caramella würde mir auf den Rücken springen. Natascha würde staubsaugen und Max seine Sauberkeitsansprüche erfüllen. Ich würde mich bei ihr entschuldigen, weil wir das ganze Haus demoliert hatten, aber sie würde sagen: Schon gut, ich habe ja selbst auch ein bisschen mitgeholfen. Dann klebten wir die Scherben der Kristallschale zusammen und liessen freundschaftlich-harmonisch ein paar Blumenblüten drin schwimmen. Wir sind einander das grösste Geschenk. Und wenn das nicht schön ist...

Inzwischen ist Caramella älter geworden. Sie ist zu einem Teenager mutiert. Sie schaut einem gnadenlos zu, wenn man

altersschwach auf dem neuesten Telefon herumwischt, um herauszufinden, wie man damit telefoniert.
Am 26. Dezember gehe ich bei ihr vorbei. Ich will ihr das grandiose Geschenk übergeben, das ich ihr aus Paris mitbringe: eine hellgrüne Parkbank.
Caramella liegt noch im Bett und verschläft das Tageslicht. Max rennt ihr die Tür ein und sagt: «Hör zu, du Zombie! Du lässt immer das dreckige Geschirr stehen und rauchst mir die letzte Zigarette weg. Dein Pate hat dir ein Geschenk mitgebracht, und was hast du für ihn? Ich gebe dir fünf Minuten. Es liegt an dir, die Pate-Patenkind-Beziehung in etwas Überlebensfähiges zu verwandeln.»
«Alter», sagt sie, «wo soll ich in fünf Minuten eine selbst gezogene Kerze auftreiben oder einen Kühlschrankmagneten oder eine Smiley-Krawatte?»
Ich sagte versöhnlich: «Du könntest mir einen Gutschein schenken. Für zusammen aufs Schilthorn Fischstäbchen essen oder so.»
«Hey, Shakespeare, das Risiko ist viel zu gross, dass du den Gutschein nicht nur nicht verlierst, sondern auch einlöst.»
Natascha kam ins Zimmer. «Du hast nichts? Gar nichts für den Mann, der dich unter Schmerzen die ganze Kindheit lang gehütet hat?»
Max drückte ihr eine Zwanzigernote in die Hand. «Geh mit deinem Paten eine Meringue essen.»
«Hey! Ich würde mir lieber die Hosentaschen mit Granit füllen und direkt in den Ozean laufen, als so eine Zuckerbombe zu essen. Erschiesst mich, aber ich bleibe hier!»
Als Max und Natascha weg waren, stellte ich die Bank neben ihr Bett. «Caramella, diese Parkbank habe ich unter Todesangst auf den Champs Elysées unter den Arm genommen. Du willst nicht wissen, wie ich sie in den TGV gebracht habe. Die Bank haben wir jetzt, die brauchen wir jetzt. Setz dich.»

ZWEITE CHANCE

1

Genau jetzt, irgendwo auf dieser Welt, packt jemand in der Turnhalle seine Sporttasche aus und merkt, dass er statt des Fussballleibchens einen Kissenbezug eingepackt hat. Genau jetzt bekommt jemand eine Erkältung, weil er im Iglu barfuss nach seinen Socken sucht. Genau jetzt sitzt jemand vor einer Schokoladentorte und denkt: Was soll's. Das Universum expandiert. Expandiere ich eben auch.

Der Alltag ist ein Rätsel. Wenn ich daheim aus dem Fenster schaue, dann rennen vor unserem Block all die Jogger vorbei. In ihren hautengen Leggins und mit mehr Elektronik am Handgelenk als ein Astronaut. Sie fallen aus ihren Grossraumbüros und streben Richtung Bremgartenwald, und einer fällt mir dabei immer besonders auf. Ein Mann mit rotem Stirnband, zwischen vierzig und sechzig, in einer Riesengruppe von Swissmedic-Mitarbeitenden aus der Hallerstrasse. Er lässt sich jeweils zurückfallen, schert aus der Gruppe aus und versteckt sich hinter unserem Container für die Grünabfuhr. Dort raucht er ein paar Zigaretten, bis die Gruppe wieder in sein Blickfeld kommt. Über diesen Mann könnte ich den ganzen Tag staunen.
Der Alltag ist ein Rätsel. Es gibt Zahnpasta mit Speckgeschmack. Es gibt Schilder: *Grundstück betreten verboten,* mitten auf dem Grundstück! Wenn meine Gefährtin stirbt – erbe ich dann ihre Cumuluspunkte? Und was gibt es Rätselhafteres als ein komplett leerer Zugwagen und jemand setzt sich genau neben Sie? Ich weiss, ich sollte das nicht mehr tun. Aber es ist so gruselig.

Oder das Rätsel der Filzstifte. Schreibt ein Filzstift nicht mehr, warum schmeissen ihn die Kinder nicht einfach weg? Warum legen sie ihn zurück in die Schachtel und probieren den nächsten ausgetrockneten für ihr Mandala?
Grosse Fragen – man möchte ein Buch darüber schreiben. Aber dann klingelt das Telefon. Der Kindergarten. Der Bub sei krank.
«Der ist nicht krank. Er simuliert.»
Doch, er sei krank, er habe Fieber.
«Er hat nicht Fieber. Wir haben gestern *E. T.* geschaut. Wahrscheinlich hat er das Thermometer wie Elliot gegen die Lampe gehalten, bis es geglüht hat. Er hat Sie reingelegt.»
Ob ich ihn nun abhole, fragt die Kindergärtnerin, oder ob sie die Kindesschutzbehörde informieren müsse?

Ich hole ihn ab und den ganzen Weg lag er schlapp in meinen Armen. Aber kaum waren wir zu Hause, sprang er auf und ab und wollte mit mir Fussball spielen.
«Ab ins Bett jetzt! Ich will dich nicht mehr auf den Beinen sehen!»
«Papa, ich weiss nicht, was machen. Mir ist so langweilig.»
«Lies ein Buch.»
«Ich bin fünf. Ich kann nicht lesen.»
«Male ein Mandala aus.»
«Die Filzstifte gehen nicht mehr.»
«Schau einen Dokumentarfilm.»
«Papa, Dokumentarfilme sind immer so traurig. Sie zeigen einen rosaroten Delfin und der Typ vom Fernsehen sagt: ‹Was ihr hier seht, ist so gut wie ausgestorben.›»
«Bub, du bist krank! Als ich ein Kind war, ging Kranksein so: Man liegt bis zum Hals zugedeckt im Bett. Es gibt Zwiebelwickel, und beisst du ins Thermometer, stirbst du an einer Ladung Quecksilber. Und nun lass mich arbeiten!»
«Papa, warum hat der Mensch zwei Nasenlöcher?»
«Damit du beim Nasenbohren nicht erstickst.»

Ich ging ins Arbeitszimmer und fing an zu arbeiten. Das heisst, um in die richtige Stimmung zu kommen, übermalte ich zuerst mit schwarzem Marker die grauen Haare an meinen Schläfen. Ein weiteres Rätsel. Wieso übermale ich meine grauen Haare? Sie werden nicht schwarz, sondern violett.
Der Bub stand wieder hinter mir.
«Was ist?»
«Versprichst du mir, dich nicht aufzuregen?»
«Was ist!»
«Ich habe deine Cowboystiefel angezogen und die Beine über dem Balkongeländer baumeln lassen, und beide Stiefel sind runtergefallen.»
«Okay. Holen wir sie.»
«Sie sind auf einen Lastwagen gefallen. Der Lastwagen ist davongefahren. Holländische Nummer.»
«Hast du nicht gesagt, du kannst nicht lesen?»

Der Alltag, ein Rätsel. Und es ist so einfach, aus dem Alltag auszubrechen! Man muss nur mal im Schwimmbad querschwimmen. Man muss nur mal verkehrt herum durch einen Kreisel fahren. Einen Polizisten anhupen, damit er einem aus dem Weg geht. Im Kleiderladen ganz imposant den vollen Preis bezahlen. Man muss nur mal mit einem Laubbläser an die Fasnacht durch all die Konfetti. Mit der Dentalhygienikerin zusammen Zahnseide verhäkeln. Den Aschenbecher als Geschirr brauchen, statt immer das Geschirr als Aschenbecher. Einen Nasenpöögu aus dem einen Nasenloch herausnehmen und ihn ins andere Nasenloch reintun. Die Deckel des Tintenkillers vertauschen und den Kindern zuschauen, wie sie mit dem falschen Ende im Aufgabenheft rumkillern.
Was ich am liebsten mache, um auszubrechen: aufs Velo steigen und mir einbilden, ich fahre auf einer Harley-Davidson. Mit dem Wind in den Haaren. Mit ohne Helm.
Dabei gehe ich gar nie in die Dentalhygiene. Will ich weisse Zähne, gehe ich ins Solarium.

«Papa, ich habe im Fall wirklich Fieber.»
«Ich weiss, komm.»
Und ich nahm ihn auf den Schoss, und dann schauten wir auf YouTube eine Elefantengeburt, eine Giraffengeburt und eine Kuhgeburt. Bei der Menschengeburt stellten wir den Ton ab. Ich schaute aus dem Fenster und sah einen verzweifelten Lastwagenfahrer, der den Fluchtweg aus dem verpollerten Quartier suchte. Auf dem Lastwagendach meine Cowboystiefel. Der Alltag ist ein Rätsel, aber manchmal zauberhaft.
Mein Mitbewohner fragte: «Was will er mal werden, dein Sohn?»
«Hebamme.»

2

Mein Mitbewohner heisst Fredy. Manchmal ist Fredy eine Mitbewohnerin. Ich habe im Schnitt alle sechs Monate einen neuen Mitbewohner. Sie heissen Walter, Andreas, Andrea, Anita, Madeleine, Diana oder Damian, aber ich sage ihnen der Einfachheit halber immer Fredy. Sie ziehen ein, weil sie den Bachelor machen, und sie ziehen aus, weil sie den Putzplan unfair finden.
«Fredy, ich mag nicht staubsaugen.»
«Hör auf zu jammern. Eine Frau, die ein Kind bekommt, leidet mehr als du.»
«Fredy, mit was für einem Mitbewohner würdest du gern wohnen?»
«Mit einem, der staubsaugt.»
«Würdest du gern mit einer Nymphomanin wohnen?»
«Wenn sie staubsaugt.»
Das mit dem Staubsaugen ist gar nicht so einfach. Erstens muss man erst in die richtige Stimmung kommen. Zweitens kauft jemand immer die falschen Staubsaugerbeutel.

Mein neuester Fredy ist erstaunlich klein. Wie ein Hund springt er an mir hoch, wenn ich seine Nespressokapseln hochhalte.

Aber er hat die grössten Füsse, die ich je gesehen habe. Mit diesen Füssen könnte Fredy die Weinernte vom gesamten Genferseeufer ganz allein zerstampfen. Ich habe ihm gesagt: «Hör mal, du Hobbit, wir lassen deine Füsse aus dem Fenster baumeln. Ich stehe unten auf dem Trottoir und schliesse mit jedem, der vorbeigeht, Wetten darüber ab, wie gross der Besitzer dieser Füsse ist. Deine Füsse machen mich reich!»

Ich mag das Wohngemeinschaftsleben. Man spart Zeit im Haushalt. Man hat immer jemanden zum Abreagieren. Und man bleibt mit der Gefährtin zusammen, statt sich auseinanderzulieben.

Die Frage kennen wir, meine Gefährtin und ich: «Warum wohnt ihr nicht zusammen? Ihr habt ja sogar Kinder zusammen.»

Ihre Antwort ist diplomatisch: «Er wohnt auf seine Weise, ich auf meine.»

Meine Antwort: «Wir wohnen nicht zusammen, weil ich mein Leben nicht mit Aufräumen verbringen will.»

Im Ernst: Hört man einem zusammenwohnenden Pärchen zu, dann hört man viel. Aber was man nie hört: Begeisterung. Stellen Sie sich vor, man würde über andere Dinge so reden wie übers Zusammenwohnen. Du willst ein Motorrad kaufen und der Verkäufer sagt: «Also dieser Töff da – nicht nur einfach. Da musst du dranbleiben. Es braucht schon eine gewisse Kompromissbereitschaft.»

Doch ich habe von Fredy erzählt. Sind die Kinder bei mir, ist er mein Backup.

«Fredy, du musst mir helfen! Die Kinder haben Läuse und ich soll beim Gesundheitsdienst anrufen, aber du weisst, ich habe eine Telefonphobie.»

«Alles klar», sagt Fredy und ruft an. Frau Fogal vom Gesundheitsdienst meint, wir müssten die Haare mit Hedrin behandeln. Die Flasche koste fünfzig Franken, es sei im Prinzip nichts anderes als Silikon. «Ihr könnt euch auch einfach Gleitgel aus dem Coop ins Haar schmieren.»

Ich weiss nicht mehr, ob es letztes Jahr war oder ein Geschenk, jedenfalls bekam Fredy ein Stehpult. Viel zu hoch für ihn. Also sägte ich die Beine des Pultes ab. Aber dann war's schräg, ich sägte weiter, bis Fredy sagte: Also da passen meine Beine gar nicht drunter. Ich hackte zwei Löcher in den Boden, wo er seine Beine reinstecken konnte. Was ich sagen will: Eine Gefährtin als Mitbewohnerin würde dir längst davonlaufen, ein Fredy bleibt ruhig.

3

Ruhe. Ein gutes Thema, um laut zu werden.
«Kinder! Ihr müsst euch das vorstellen. Bis zurück zu Adam und Eva waren all unsere Vorfahren mütterlicherseits und väterlicherseits attraktiv genug, um einen Partner zu finden, und sie waren gesund genug, um sich fortzupflanzen. Kein Einziger von unseren unmittelbaren Vorfahren wurde vorzeitig gefressen, verbrannte oder ertrank oder verhungerte oder badete seine Fortpflanzungsorgane zu heiss. Das ist das eine. Und das andere ist: Uns ist nur eine kurze Zeit gegeben, das wenige zu tun, das wir tun wollen, bevor der Mond seine Umlaufbahn verlässt und die Erde ohne ihn anfängt zu trudeln wie ein Kreisel kurz vor dem Umfallen.»
«Papa, was willst du sagen?»
«Was ich sagen will, ist: Ich bin ein krasser evolutiver Volltreffer und meine Lebenszeit ist eine furchtbar knappe Ressource. Und nun schaut, Kinder: Das hier hinter euch ist eine Tür. Hinter dieser Tür arbeite ich, bevor die Erde anfängt zu trudeln. Eine Tür ist etwas Tipptoppes, wenn sie geschlossen ist. Vor jedem Türöffnen sollte sich das gemeine Volk fragen: Ist das jetzt wirklich nötig? Rechtfertigt es mein Anliegen, einen Dichter und Denker aus seinen Gedanken zu reissen? Liesse es sich nicht auch schriftlich erledigen? Und ihr klopft nicht mal! Niemand, der nicht das definitive Ende seiner Abstammungslinie werden möchte, sollte es wagen, dieses Tor aufzustossen und durch diesen Tunnel zu schreiten und...»

«Papa, eine Tür ist kein Tunnel.»
«Sicher ist eine Tür ein Tunnel! Einfach ein ultrakurzer Tunnel.»

Ich habe schon immer gewusst, dass die Menschheit mich mehr braucht als ich sie.

«Warum hast ausgerechnet du drei Kinder?»
«Fredy, es geht nie die ganze Saat auf, verstehst du? Ein Bauer muss säen, um etwas zu ernten. Er darf sich nicht auf ein einziges Korn verlassen. Ich schaue meine Kinder an und denke: Vielleicht bin ich mal ganz froh, sie zu haben. Wenn ich einen Nierenspender brauche. Drei Kinder. Zehn, acht, fünf. Ich weiss, es sind seltsame Namen. Mädchen, Mädchen, Bub –, das geht so: Doch, erzähl, es interessiert mich. He, Bub! Nicht mit dreckigen Schuhen reinkommen. Sofort rückwärts raus und Finken anziehen! Doch, ich höre dir zu. Du hast geträumt, du hättest mit einer Gabel die Zähne geputzt. Gleitschirmfliegen? Du willst Gleitschirmfliegen? Nein. Auf keinen Fall. Du kannst die Zipfel deines Regenmantels in die Höhe halten und auf eine Bise warten, die dich fortbläst. Du sollst nicht stürmen, sondern Finken anziehen! Ein Vorschlag: Frag deine Mutter, ob du Gleitschirmfliegen darfst. Wenn sie Ja sagt, gebe ich dir einen Kübel Vanilleglace. Hallo, darf ich fragen, warum du mit einer Gabel ins Badezimmer rennst? Du hast deine Mutter schon gefragt? Und sie hat Ja gesagt? Okay, dann sage ich auch Ja. Und solltest du vom Himmel fallen und in einem handgeschnitzten Sarg zurückgebracht werden, werde ich zum gemeinsamen Ja stehen und nicht plötzlich behaupten, es sei allein der Fehler deiner Mutter. Es könnte sein, dass mich dieser Gedanke streifen wird, aber ich werde ihn für mich behalten. Etwas nähme mich noch wunder: Wie viel von der Vanilleglace wirst du ihr fürs Ja geben? Die Hälfte, so.»

In einem früheren Leben habe ich mit meinen Führungsqualitäten in der Weltgeschichte mitgemischelt. Zum Beispiel im

alten Rom: «Brutus, hopp, hopp, du bist spät dran! Cäsar ist schon längst im Senat. He, warte, dein Dolch schaut heraus! Leg die Toga drüber! Reiss dich zusammen!»
Heute tönt das so: «Mädchen, hopp, hopp, ihr seid spät dran. Ihr solltet schon längst mit euren Leuchtwesten und Ergostyle-Rucksäcken auf dem Bildungsweg sein.»
«Papa, wir möchten kein Schnitteli, wir möchten Schoggijoghurt.»
«Es gibt kein Joghurt. Es gibt Schnitteli.»
«Das essen wir nicht.»
«Ich lasse euch nicht in die Schule, bevor das gegessen ist.»
«Dann gehen wir eben nicht in die Schule.»
«Gut, ich rufe im Lehrerzimmer an und sage, dass ihr heute nicht kommt. Und morgen und übermorgen auch nicht. Ihr werdet hier sitzen und ihr werdet mitbekommen, wie euer Bruder erwachsen wird und die schwangeren Frauen dieser Welt von ihren Bälgern entbindet. Und selber werdet ihr nichts gelernt haben als die vier Jahreszeiten! Marroni im Herbst, Mandarinli im Winter, Spargeln im Frühling, Hörnlisalat im Sommer…
Findet ihr lustig, hm? Ihr bleibt hier sitzen, bis das gegessen ist. Und versucht nicht, die Schnitteli im Büchergestell zu verstecken wie das letzte Mal. Und nehmt die Füsse vom Tisch!»
«Papa, wir haben's begriffen: Du trainierst dein Durchsetzungsvermögen, stimmt's?»

Durchsetzungsvermögen. Ich wäre gestählt für eine Bundesratssitzung. «Doch, erzählen Sie, Monsieur Parmelin. Es interessiert mich. Man schneidet die Trauben von den Rebstöcken, und dann?» «Ueli, bitte, nimm die Füsse vom Tisch!»
Mein Vater hat mir mal erzählt, er habe nie Kinder gewollt. Er sei reingelegt worden. Und sein Vater habe ihm erzählt, er habe auch nie Kinder gewollt. Ich weiss nicht mehr, ob ich Kinder gewollt habe oder nicht, aber es spielt auch keine Rolle. Es ist eine Erbkrankheit.

«Du tust doch nur so! Dabei hast du deine Kinder so gern! Du hast ja sogar Fotos von ihnen im Portemonnaie!», sagt Fredy.
«Ach je, mit Liebe hat das nichts zu tun. Es ist wissenschaftlich erwiesen: Ein Foto von lächelnden Kindern im Portemonnaie erhöht die Wahrscheinlichkeit um fünfzig Prozent, dass das Portemonnaie zurückgegeben wird, wenn man es verliert.»
«Der Gerechtigkeit halber könntest du auch zugeben: Von Kindern bekommt man so viel zurück.»
«Fredy, du hast keine Familie, du hast keine Ahnung.»
«Nein, leider sind meine Freundinnen und ich bisher nicht mit Kindern gesegnet worden.»
«Gesegnet? Du weisst ja gar nicht, was für ein Glück du hast!»

Vielleicht hat Fredy recht. Man bekommt tatsächlich viel zurück.
«Vatertag? Echt? Schon wieder? Gib her. Ein Aschenbecher, mercischön. Kein Aschenbecher? Was ist es dann? Ein Bad? Ich komme nicht draus. Ein Bad, um was drin zu baden? Oder um welchen Teil von mir drin zu baden? Ein Vogelbad! Na, das ist ja mal ein Vatertagsgeschenk. Ein Vogelbad.»

4

Die Mutter meiner Kinder, meine Gefährtin – es ist eine unendlich lange Liste, was sie alles managt: den Kleiderumsatz der ganzen Brut, den Wagenfuhrpark, das Verhältnis zu meiner Mutter. Aber sie ist nicht immer da, wenn man sie braucht.
«Fredy, vergiss deine Masterarbeit. Ich brauche deine Hilfe. Morgen hat die Mittlere Geburtstag. Sie hat acht Kinder eingeladen. Hier wird die Hölle los sein!»
«Delegier's an deine Frau. Sie ist doch der CEO der Familie, die Meisterin der Schatzsuche.»
«Ich habe einen Fehler gemacht. Ich habe ihr gesagt, ich würde auch gern mal einen Kindergeburtstag organisieren.»
«Und das Geburtstagskind ist einverstanden?»

«Sie findet es einen Skandal. Sie erwartet den Weltuntergang. Sie kommt immer mit dieser Geburtstagstorte, die ich ihr mal in den Kindergarten mitgegeben habe. Eine Himbeerroulade aus der Migros.»
«Wie willst du diese Leistung toppen?»
«Weiss auch nicht. Ich denke, ich blase ein paar Ballone auf und du erschreckst die Gäste mit deinen Yeti-Füssen.»

Auf Fredy ist Verlass! Er hatte mal das Uni-Fest mitorganisiert. Er liess seine Beziehungen spielen und ich war überzeugt, dass wir mit der Popcornmaschine und der Nebelmaschine neue Massstäbe für Kindergeburtstage setzen würden. Als die eingeladenen Kinder erschienen, hatten wir eine Sichtweite wie in Peking. Die Kinder experimentierten mit der Popcornmaschine, sie spie Popcorn in alle Richtungen. Ich stellte Fredy hinter die Bar und orderte Holundersirup für die Kleinen und eine Flasche Gin für mich. Ich wollte den Zitronencake flambieren.

Nach dem Feuerspektakel befestigte Fredy Leintücher an der Decke und baute ein richtig schönes Zelt. «So!», sagte er, «Jetzt gibt's Zirkus!»

Um ehrlich zu sein: Ich war gegen diesen Programmpunkt. Ich hasse Zirkus. Erstens: die klebrigen Hände von der Zuckerwatte. Zweitens kein einziger Löwe mehr. Nur noch Dimitri-Schüler, die mit unnatürlichem Grinsen Haushaltgeräte und andere Dimitri-Schüler in die Luft werfen.

Aber für Fredy musste es unbedingt ein Zirkus sein.
«Wer willst du sein?», hatte ich ihn gefragt. «Der Liliputaner, der Programmhefte verkauft?»
«Ich bin der Zirkusdirektor. Und was bietest du?»
«Ich? Nun, ich biete etwas mit Raubkatzen.»

Also war ich am Morgen durch die Stadt gegangen, um ein paar Katzen einzufangen. Am besten, ohne dass es jemand merkt – was gar nicht so einfach ist: Plötzlich fällt dir auf, wie viele bewaffnete Sicherheitskräfte in der Bundeshauptstadt patrouillieren und Ausschau halten nach Attentätern. Ich hatte zuerst ein Quartier finden müssen, an dem Dschihadisten und Babypunks aus der Reitschule kein Interesse haben. Mit drei Katzen kam ich heim und dressierte sie sofort. Eine haute auf den Balkon ab, eine andere flüchtete auf den Schrank. Und so bestand meine Raubtiernummer bei der Zirkusvorstellung am Nachmittag aus immerhin einer talentierten Katze, die vor dem gefesselten Publikum einem Schuhbändel hinterherjagte.

Die Kinder wollten natürlich alle mitmachen. Elisa führte den Spagat vor, die anderen zeigten die Pyramide, die Kerze, das Affenrad, und jedes Mal, wenn zwei zusammenstiessen, gab's ein Riesenwehklagen. Es gab einen heiklen Moment, als die Katze auf dem Schrank wegen der Nebelmaschine in Panik geriet und auf dem Gesicht einer Artistin landete. Aber alles in allem musste ich sagen: «Fredy, du Siebesiech, wir sollten mit dem Zirkus auf Tournee.»

«Geburtstagskind, welche Zirkusnummer hat dir am besten gefallen? Und hör auf, mit dem Milchzahn herumzuspielen. Ist nicht zum Zuschauen. Lass den Zahn doch einfach von selbst ausfallen, erzwing es nicht!»
«Papa, er ist fast raus. Und weisst du, was dann geschieht? Die Zahnfee kommt!»
«Wer kommt?»
«Die Zahnfee, du kennst doch die Zahnfee? Fällt uns ein Zahn aus, legen wir ihn unters Kissen. Und sobald wir schlafen, holt sich die Zahnfee den Zahn und legt uns etwas Süsses unters Kissen, oder ein Stofftier oder einen Chupa Chups oder eine Münze fürs Kässeli.»
«So? Und was ist, wenn's die Zahnfee vergisst? Wenn sie zum Beispiel abgemacht hat mit anderen Feen zum Biertrinken?»
«Dann hasse ich dich, Papa.»

«Hör sofort auf, an diesem Zahn herumzuwackeln! Drücke ihn wieder fest an seinen Platz! Oder noch besser, lass ihn bei Mama ausfallen. Also sag, welche Zirkusnummer hat dir am besten gefallen?»
«Der Spagat von Elisa.»
«Nicht die Raubtiernummer?»
«Nein, der Spagat.»
«Okay. Elisa ist eben deine beste Freundin. Vielleicht ist die Raubtiernummer zu komplex gewesen? Vielleicht hat sie dich intellektuell überfordert?»

Holte eine Mutter ihr Kind ab, betrachtete sie argwöhnisch das Schlachtfeld. Holte ein Vater sein Kind ab, nahm er sich ein Stück flambierten Zitronencake und stand noch ein bisschen an die Bar. Irgendwann hatten meine Kinder die übrig gebliebenen Kinder nach Hause begleitet. Und wir Väter soffen weiter wie die Geier. Wir klopften uns gerührt auf die Schultern und sagten: «Also das ist mal ein toller Kindergeburtstag! Man gibt so viel als Eltern, man gibt und gibt, aber manchmal kommt auch was zurück.»

Die einen machten voll kreativ Gipsabdrücke von Fredys Füssen, um sie später ihren Arbeitskollegen als Dinosaurierspuren zu verkaufen. Andere versuchten, mit roher Gewalt einen falschen Staubsaugerbeutel in den Staubsauger zu montieren. Und so war dieses Fest eine Allegorie auf die beiden grossen Fähigkeiten des Menschen: Schöpfung und Zerstörung.

Am nächsten Morgen musste ich die Katzen wieder in der Stadt verteilen. Von einem Mann, der überall Zettel «Moudi vermisst» hinklebte, bekam ich sogar Finderlohn.
Das rührte mich noch mal. Ich muss zugeben, ich bin viel zu sensibel für diese Welt. Ich fange schon an zu heulen, wenn bei *Music Star* eine rausfliegt.

5

Eine zweite Chance. Sie wird dir gegeben – von den Göttern, von Starchirurgen, von Richterinnen und *Music-Star*-Juroren und Steuerbeamten. Sie wird dir gegeben. Oder du nimmst sie dir.

Zum Beispiel meine Mutter. Ich hätte nie gedacht, dass sich meine Eltern tatsächlich noch scheiden lassen würden. Meine Mutter sagte zwar regelmässig: «Du redest nicht mit mir, du machst nichts mit mir, du sitzt nur auf dem Geld, ich mag nicht mehr.»

Dann brachte Vater eine Packung Femina-Pralinés heim und sagte: «Martha, du bist müde. Morgen sieht die Sache ganz anders aus.»

Eine Nachbarin trimmte meine Mutter aber so richtig auf Scheidung. Eine Nachbarin mit eigenem Scheidungshintergrund: Nach ihrer Scheidung eröffnete sie einen Laden in der Altstadt. «Zur Freiheit» hiess der Laden. Man konnte ihr dort live zuschauen, wie sie Ostereier ausblies und Tauben aus Ton töpferte.

Diese Nachbarin ging mit einem Fragebogen zu meiner Mutter.

«Name des Gatten?»
«Hans.»
«Was für ein Typ ist Hans? Don Juan, Patriarch, Bastler …?»
«Hm, er ist ein Fremder, den ich viel zu gut kenne.»
«Dauer der Ehe?»
«1970 bis heute.»
«Wann ist dir das erste Mal bewusst geworden, dass du Hans verlassen willst?»
«Weihnachten 1974. Da hab ich mir eine Geschirrspülmaschine gewünscht und er hat sich einen amerikanischen Jeep aus dem Zweiten Weltkrieg geschenkt.»
«Gründe für die lange Warterei?»
«Angst.
«Gründe für das Ende der Beziehung?»

«Frust, Erschöpfung, Ekel. Dass er mit seinem Leberfleck spielt, wenn er die Zeitung liest. Dass er zum Gähnen nie die Hand vor den Mund nimmt und sich die Speichelfäden zwischen seinen Zähnen spannen. Dass er das leere Glas Orangensaft in den Schüttstein stellt und ich die eingetrockneten Fruchtfleischreste mit den Fingernägeln abkratzen muss. Die Gründe für das Ende der Beziehung? Zusammengefasst in einem Wort: Lebenslust.»

Es traf meinen Vater wie ein Blitz.
«Du willst, dass ich ausziehe? Weswegen soll ich ausziehen?»
«Unsere Ehe ist ein Alptraum. Ich hab's satt.»
«Bis jetzt hat sich doch immer alles eingerenkt.»
«Jetzt eben nicht mehr.»
«Martha, du bist müde. Gib uns noch eine Chance!»
«Nein, ich gebe *mir* noch eine Chance.»

Ich muss zugeben, mich überraschte meine Mutter genauso wie alle anderen. Ich hatte mir über ihr Innenleben nie gross Gedanken gemacht. Ich nahm sie so, wie sie war, oder besser: wie sie sich gab. Niemand sah, wie viele unerfüllte Wünsche sie unter der Oberfläche hatte.
«Also, deine Mutter legt sich da richtig ins Zeug», klagte Vater. «Sie wickelt die Scheidung mit derselben Präzision ab, wie die Alliierten die Landung in der Normandie abgewickelt haben. Sohn, du musst jetzt tapfer sein. Du bist jetzt ein Scheidungskind.»

6

Hätte ich gewusst, was auf mich zukommt, ich hätte die Scheidung verhindert, so à la: «Mutter! Reiss dich zusammen, auf die paar Jahre kommt's jetzt auch nicht mehr drauf an!»
Aber ich sah das Unheil nicht kommen. Ich sah es auch noch nicht kommen, als mich mein Vater fragte, ob ich ihm beim Umzug helfe.

«Denk von mir, was du willst, Vater, aber ich helfe niemandem mehr umziehen. Ich habe Umzüge hier oben. Ich habe mich von viel zu vielen Fredys ausnutzen lassen: ‹Nee, das Bett schraube ich nicht auseinander, das geht auch so durchs Treppenhaus.› Wohin ziehst du überhaupt?»
«Na, zu dir.»
«Kommt nicht infrage.»
«Nur überbrückungshalber. Bis ich etwas Eigenes finde. Die Kinder freuen sich bestimmt, ihren Grossvater um sich zu haben.»
«Die Kinder haben da nichts mitzureden. Geh ins Hotel. Kauf dir einen Schlafsack und schlafe auf dem Güterbahnhof.»
«Papperlapapp. Nächsten Mittwoch um acht vor dem Haus, wo du aufgewachsen bist. Bring den Veloanhänger mit.»

Leider war Fredy einverstanden, dass mein Vater sich im Wohnzimmer breitmachte. Vater sass ein paar Tage still da und supervidierte sein neues Umfeld. Er muss zum Schluss gekommen sein, dass ich in der Position des Familienoberhauptes völlig überfordert sei.

«Sohn, tut mir leid, das sagen zu müssen, aber ich werde nicht zusehen, wie meine Grosskinder in dieser vollkommen verwahrlosten Haushaltung gross werden. Schon vor der Wohnungstür türmen sich Playmobil! Am Wasserhahn tropft ein grauslicher Lappen. Im Zimmer deines Mitbewohners sind zwei Löcher im Boden! Und was hat eine Gabel im Badezimmer zu suchen? Wie hält deine Frau das nur aus?»
«Meine Gefährtin, meinst du. Es ist egal, ob sie's aushält oder nicht, es ist meine Wohnung.»

Ein paar Tage später.
«Was tust du da, Vater?»
«Siehst du doch. Die Wohnung streichen.»
«Grün?»
«Grün ist das neue Weiss.»

«Du übermalst das bitte sofort!»
«Den Kindern wird's gefallen. Dir hat es früher auch gefallen. Dein Zimmer war auch grün.»
«Damals hat mir auch ein *Batman*-Pyjama gefallen und *Otto – Der Film* und Samantha Fox. Wo ist unser Esstisch?»
«Hab ich auf die Strasse gestellt. Gratis zum Mitnehmen. Fredy hat mir freundlicherweise geholfen. Keine drei Minuten, und der Tisch war weg.»
«Sollen wir auf dem Boden essen?»
«Wir bestellen im Internet einen neuen. Was denkst du, was wird den Kindern besser gefallen: ein Esstisch in Sonnengelb, in Mitternachtsblau oder in Moosgrün? Ich habe übrigens den Briefkasten geleert, du hast eine Einladung zu einer Klassenzusammenkunft. Soll ich dich anmelden, bevor du's verschlampst?»
«Vater, du sollst hier bitte nichts anderes machen als Wohnungsinserate studieren!»

Stattdessen kommen seine Kumpane zum Jassen.
«Vater! Ich habe einen gemeinsamen Abend mit meiner Liebsten. Du kannst nicht mit deinen Veteranen die Wohnung okkupieren.»
«Soll ich sie rausschmeissen?»
«Ja.»
«Kurt muss morgen in die Röhre. Keine Ahnung, ob sie ihn jemals wieder rauslassen. Vielleicht ist es sein letzter Abend unter Freunden. Aber mein Sohn möchte mit seiner Freundin schäkern.»
Im Wohnzimmer die jassenden Herren, in den Zimmern die schlafenden Kinder – also gingen meine Gefährtin und ich mit dem Prosecco in die Waschküche. Schauten der Wäsche zu, wie sie tanzte.

7

«Grossvater, wie war unser Papa als Kind?»

«Nicht nur einfach. Als Baby nur schreien die ganze Zeit. Als kleiner Knirps nur trotzen, und als Teenie war er ganz unerträglich. Ich weiss noch, an einem Muttertag, da hat er eurer Grossmutter ein Kassettli aufgenommen mit ein paar ganz gemeinen Liedern: ‹Ich beuge mich vor grauem Haar› und ‹Papa, lass die Mama nicht weinen›. Er hat ihr die Kassette hingeworfen, ist an den Küchentisch gesessen und hat gemotzt: Wo bleiben die Cornflakes?»

«Kinder, glaubt eurem Grossvater nichts! Als ich zehn Jahre alt war, hat dieser Teufel da... Vater, wieso hast du mich damals im Wald ausgesetzt?»

«Ich habe keine Ahnung, wovon du sprichst.»

«Euer Grossvater hat mich an den Lombach gefahren, hat mich beim Vita-Parcours-Posten sieben abgestellt, er hat mir einen Schlafsack in die Hand gedrückt, ein Brot und ein paar Donald-Duck-Hefte. Dann drehte er sich um und ging zum Auto zurück. Ich bin zum Baumhaus. Habe hinaufklettern wollen, aber das Seil ist gerissen. Ich bin runtergefallen – es ist zum Glück nichts passiert. Aber ich habe mir vorgestellt, was wäre, wenn ich mir den Kopf aufgeschlagen und das Bewusstsein verloren hätte – dann hätte mich irgendwann ein Hündeler eingesammelt und im Spital hättest du meiner Mutter erklären können, wieso ich von jetzt an ein Kleinklässler bin! Dann hättest du die Scheidung schon damals bekommen, garantiert! Wieso hast du mich im Wald ausgesetzt?»

«Nun, Sohn, das muss ein Initiationsritus gewesen sein! Das habe ich dir doch sicher erklärt! Eine heilige Prüfung, vom Kind zum Erwachsenen werden! Aber schaue ich mir dein Leben so an, muss ich bedauerlicherweise feststellen, dass die Initiation nicht ganz durchgeschlagen hat. Was ist das hier eigentlich?»

«Ein Vogelbad. Haben wir Papa zum Vatertag geschenkt. Er hat's noch nicht mal auf dem Balkon hingestellt.»

«Nicht?! Also, wenn ihr mich fragt, müssen wir das sofort aufstellen. Die Vögel werden Hunderte von Meilen fliegen,

um drin zu baden. Am Sonntag werden sie Schlange stehen für ihre Gefiederwäsche.»
«Vater, es ist genug! Du treibst einen Keil zwischen meine Kinder und mich, merkst du's nicht? Das ist meine Wohnung! Das sind meine Kinder! Und das hier an deinen Füssen sind meine Hüttenfinken! Es reicht, du musst gehen!»
«Seht ihr Kinder, so ist es. Ich habe eine schwere Scheidung hinter mir. Mir ist alles genommen worden. Und jetzt werde ich auch noch vom eigenen Sohn verstossen.»
«Papa, lass Grossvater in Ruhe!»

8

Wie wird man einen zu nahe verwandten Gast los? Man kann ihn natürlich rausschmeissen. Aber das provoziert Missstimmungen und böse Gefühle in der ganzen Brut. Einfacher ist es, den Gast dazu zu bringen, von selber zu gehen. Wie werde ich meinen Vater los? Ich hatte eine Idee, eine revolutionäre Idee, die den Vater vertreibt, ohne in einen Vater-Sohn-Konflikt auszuarten.
Ich werde ihm den Appetit verderben! Mit exotischer Küche. Ich werde mit Indisch-Germanisch-Nigerianisch beginnen, dann eine Ingwer-Kürbissuppe von den Tuareg mit veganen Würsten – also Rüebli. Mein Vater wird um sein Leben rennen, bevor wir beim zuckerfreien Dessert angelangt sind.
Verstehe ich gut, wenn dieser Plan nicht allen einleuchtet. Bei revolutionären Ideen ist die Gesellschaft am Anfang skeptisch. Das hat schon Galilei erfahren müssen. Und auch Einstein hat sich lange damit herumgeschlagen. Und Sie kennen eben die Essgewohnheiten meines Vaters nicht. Zur Illustration: Als ihm seine heutige Ex-Frau eine Kiwi auf den Teller legte, biss er einfach rein, ohne sie zu schälen. Er sagte: Das ist ja, als würde man in eine tote Maus beissen.

Ich setzte den Plan in die Tat um.
«Sohn, was gibt's zu essen?»

«Das hier.»
«Das sieht aber gesund aus.»
«Ja, ich hab's auch nicht gern.»
Vierundzwanzig Stunden später.
«Sohn, was gibt's zu essen?»
«Das hier.»
«Hast du das aus dem Kompost? Kommt, Kinder, wir gehen ins Migros-Restaurant.»
«Nein, Vater. Wir gehen nicht ins Restaurant. Ich habe gekocht, wir bleiben hier.»
«Wer hat gesagt, dass du mitkommen darfst? Kommt, Kinder.»

Sie liessen mich und meinen dampfenden Rhabarbergratin stehen. Sie schritten feierlich hinter ihrem Grossvater durch den Tunnel, von der Dunkelheit in meiner Revolutionsküche ins Licht des Selbstwahlbuffets. Und niemand schaute zurück.
Und so wurde ich statt meines Vaters meine Familie los.
Freute ich mich? Rief ich: Freiheit! Ruhe! Endlich bin ich sie los! Ich habe eine Familie so nötig wie ein Loch im Kopf! Rief ich: Nun breche ich aus dem Alltag aus! Ich zerreisse den Abfallkalender und packe meine Sachen und gehe in der afrikanischen Steppe mit der Dressurpeitsche ein paar Löwen bändigen! Rief ich: Das ist meine Chance, jetzt werde ich ein guter Mensch und grabe Brunnen in irgendeinem Drittweltland!
Nein. Ich lief verlassen und verloren im Arbeitszimmer auf und ab. Ich bin einfach zu sensibel für diese Welt. Fange an zu heulen, wenn Monde ihre Umlaufbahnen verlassen.
Bestens!, dachte ich. Eine solche Veranlagung musst du künstlerisch verwerten und in Meisterwerke verwandeln!

Ich sperrte die Fensterläden zu und stellte das Telefon ab und schob das Bett vor die Tür – damit mich niemand, aber auch

gar niemand stören konnte. Ich schrieb auf ein leeres Blatt: «Freiheit, die das Leben schenkt – ein Musical».
Dann wartete ich auf Inspiration. Schnitt die Zehennägel, wühlte in der Ablage Posteingang und sah die Einladung zur Klassenzusammenkunft – nein, da gehe ich sicher nicht hin! – und schmiss sie ins Altpapier.
Unter die Zeile «ein Musical» schrieb ich: Libretto Christoph Simon, Musik – ja, wer sollte die Musik schreiben? Züri West oder Patent Ochsner oder das Frölein Da Capo oder – wieso nicht? – Herr Grossenbacher, unser Klassenlehrer von damals, der grösste Rolling-Stones-Fan, den das Berner Oberland je hervorgebracht hat.
Herrn Grossenbacher sähe ich schon gern mal wieder! Was ihn vor allem mit den Stones verband, war sein offenes Verhältnis zu Drogen.
«Okay, nehmt die Hefte hervor, sorry, Kids, ich weiss, dass ich zu spät bin. Ich habe in der Pause einfach keine gute Vene gefunden.»
Ja, ja, der Herr Grossenbacher. Ich höre noch seine Stimme, damals nach diesem Experiment in Biologie. «Gut, schön, das Experiment ist eindeutig. Katzen haben nur ein Leben.»
Nach der Mutprobe im Materialraum hatte mich Herr Grossenbacher verarztet. «Also, Christoph, das ist nicht der Kopierer, das ist der Shredder. Was hast du mit deinem Hintern gemacht?»

Und dann fragte mein Mitbewohner, ob ich an die Klassenzusammenkunft gehe. Ich erschrak, ich fragte mich, wie er ins Zimmer gekommen war, ich hatte doch das Bett vor die Tür geschoben. Aber ich hatte vergessen, vorher unter den Schreibtisch zu schauen. Denn da war Fredy und suchte seine Kontaktlinse. Die Linse, die ihm rausgefallen war, als er beim Drucker unterm Schreibtisch einen Papierstau hatte lösen wollen. Item, er fischte die Einladung zur Klassenzusammenkunft aus dem Altpapier und fragte mich, ob ich da hingehe. «Auf keinen Fall! In der Schule sind sie immer auf mir herumgetrampelt. Ich bin der Aussenseiter gewesen, ein einsamer Eigenbrötler. Das praktische Opfer. Rambo Zurbuchen hat mir den Stuhl unter dem Hintern weggezogen. Wenn ich träumend aus dem Fenster geschaut habe, das Kinn in die Hand gestützt, hat er mir den Ellbogen vom Fensterbrett gestossen. Nun, wahrscheinlich gibt es in jeder Schule Tyrannen wie Rambo Zurbuchen. Ich hoffe, er hat sich mittlerweile mit lauter unheilbaren Krankheiten angesteckt.»

«Ich weiss, von welchen Typen du redest», sagte Fredy. «Von den coolen, den starken, den bewunderten. Aber zu denen gehörst du jetzt auch! Du brauchst dich nicht zu verstecken, du hast etwas gemacht aus deinem Leben! Du bist nicht nur selbstständigerwerbend, du zahlst sogar Einkommenssteuer. Du bist umgeben von charismatischen Leuten wie mir. Wenn du verzweifelt bist, gönnst du dir ein Bällchenbad in der Ikea – du hast deinen Stil gefunden. Und nun willst du mir erzählen, du habest nicht genug Selbstvertrauen, um diesen Knilchen und Knalltüten und Holzköpfen aus der Schulzeit gegenüberzutreten? Wer sind die wirklich zivilisierten Menschen: diese Oberländer in ihrem Alpenreduit mit dem WC-Häuschen auf dem Viertausender oder wir Hauptstädter mit Starbucks, Spitzenmedizin und Internet? Das Berner Oberland. Wo Männer noch richtige Männer sind. Und die Frauen auch. Hör zu, du gehst an diese Klassenzusammenkunft und zeigst den Rambo Zurbuchens dieser Welt, dass sich der Unterhund in einen Leitwolf verwandelt hat. Mit attraktiven grauen Schläfen wie George Clooney.»

Bauten mich diese Worte meines Mitbewohners auf? Ging ich an die Klassenzusammenkunft, schritt ich feierlich durch die Flügeltür in die Aula des Schulhauses? Sagte ich: Ja, ja, schaut mich nur an, aus eurem Mobbing-Opfer wurde ein Youtube-Hit! Ich habe so viele Slams und Ausmalwettbewerbe gewonnen, ich bin so berühmt – gebe ich bei Google «meine Mutter» ein, kommen Bilder von meiner Mutter.

Nein. Ich dachte an meine Kinder im Migros-Restaurant. Ich lief verlassen im Arbeitszimmer auf und ab und gackerte wie ein Huhn, das seine Küken an den Fuchs verloren hatte. Genau jetzt, irgendwo auf der Welt, dampft ein verlassener Rhabarbergratin vor sich hin.

Apropos Ausbrechen aus dem Alltag: Kürzlich ging ich in die Migros, direkt an die Kasse, ich legte den Trennstab aufs Fliessband, weil ich den Trennstab kaufen wollte. Die Frau an der Kasse nahm den Trennstab weg. Und legte ihn wieder drauf. Sie nimmt ihn weg, ich lege ihn wieder drauf... Es wurde der kurzweiligste Nachmittag in meinem Alltag.

9

Einmal stieg ich im Tessin aus dem Zug, die «Sonntagszeitung» unter dem Arm und einen Kinderwagen nachziehend. Ich stand erschöpft von der Reise auf dem Perron, hinter mir fuhr der Zug los – und in diesem Augenblick bemerkte ich, dass ich das Baby im Abteil vergessen hatte. Und nicht nur das Baby. Auch der Rucksack lag noch auf der Gepäckablage, mitsamt den Kleidern und dem elektrischen Milchschäumer fürs verlängerte Wochenende.
Ich rief dem Zug nach: «Tami nomal!» Intuitiv wusste ich, dass das Baby und der Rucksack – Suchauftrag hin, Suchauftrag her – auf einem verwaisten Abstellgleis in Mailand vor sich hin seuchen würden, und ich regte mich auf über mich selbst und über die Gesetze des Universums.
Ich fragte mich, was wäre, wenn das Universum weniger chronologisch geordnet wäre. Was wäre, wenn wir einmal am Tag die Möglichkeit hätten, zehn Minuten zurückzuspulen, um eine andere Entscheidung zu treffen, einen anderen Weg zu wählen? Was wäre, wenn der Zug nochmals im Bahnhof einfahren würde? Ich löse die Bremse vom Kinderwagen, denke: Moment!, packe das Baby und den Rucksack und stehe eine Minute später erschöpft, aber triumphierend auf dem Perron

und denke: Im Tessin regnet's, doch am Milchschäumchen wird's nicht scheitern!

Einmal am Tag zurückspulen würde bedeuten, an der Ecke nicht in diesen Schwätzer vom Berner Schriftstellerverein reinzulaufen. Eine zweite Chance würde bedeuten, dass man einen Flüchtling aufnimmt oder einen Secondo einschafft statt ausschafft. Man stelle sich folgenden Dialog zwischen mir im Tessin und Doris Leuthard im Bundeshaus vor:
«Frau Verkehrsministerin, sorry, falls ich störe, aber ich habe mein Baby in einem Ihrer Züge liegen lassen.»
Und sie so: «Haben Sie's dem Fundbüro gemeldet?»
Mit Zurückspulen würde Frau Leuthard auf das Telefon aus der besorgten Bevölkerung stimmig antworten mit: «Herr Simon, vergessen Sie das Fundbüro, ich kümmere mich persönlich um das Baby!»
Es ist nicht anzunehmen, dass jeder mit einer zweiten Chance umgehen könnte. Der eine ist zu dumm, um sich eine bessere Alternative zum ersten Mal vorstellen zu können. Ein anderer lässt eine gute Gelegenheit verstreichen, weil er seine Chance sparen will. Und ein dritter könnte nicht zählen. Habe ich meine zweite Chance heute schon verbraucht oder nicht?

Als Kind schaute ich hoch zu den Erwachsenen und glaubte, die seien schon seit immer erwachsen. Das sind die, die's können. Die haben alles schon tausendmal gemacht.
Doch jetzt, wo ich selber plötzlich zu denen gehöre, die von der Lehrerin zum Elterngespräch bestellt werden, weiss ich: Es gibt kein Erwachsensein. Kein Drauskommen. Ich bin immer noch das Kind von früher, einfach doppelt so gross, und nach dem Elterngespräch habe ich eine Belohnung verdient. Keinen Himbeersirup wie früher, sondern ein Kafi fertig. Man schlängelt sich durch. Immer als blutiger Anfänger.

Im Tessin konnte ich nicht zurückspulen. Ich stand am Lago di Lugano. Mit dem Schwingbesen im Pfännchen schäumte

ich die Milch für den Cappuccino auf. Das Handgelenk bedrohlich nahe an einer Sehnenscheidenentzündung. Und ich hielt den Grenzwächtern einen Vortrag. Diesen beiden Grenzwächtern, die meine Identitätskarte in den Händen hielten und meine Personalien aufnahmen.
«Meine Herren, wer verdient eine zweite Chance? Doch wohl jemand, der im Restaurant Alpenblick sitzt und den Alpen den Rücken zukehrt. Jemand, der mit seiner Autonummer nicht glücklich ist. Jemand, der in jede Überwachungskamera lächelt, weil sonst niemand von ihm Kenntnis nimmt. Wer braucht eine zweite Chance? Jemand, der eine Jazz-Sängerin fragt: ‹Kannst du auch etwas, das man kennt?› Jemand, der eine Küchenschabe fragt, wo sie vor der Erfindung der Küche gewesen ist. Wir sind blutige Anfänger, immer wieder. Wir sind das Gegenteil von routiniert und souverän und perfekt, aber wir sind eine Gemeinschaft. Wir kümmern uns umeinander. Tragen Sorge zueinander. Wir geben einander eine zweite Chance. Und eine zweite zweite Chance, und eine dritte zweite Chance, wenn's nötig ist. Informatiker haben es schon immer gewusst: Es ist der Support, der die guten Zeiten im Leben von den trostlosen unterscheidet.»
Die Grenzwächter gaben mir die ID zurück, stellten den Rucksack ab und legten das Baby, das sie an der Grenze abgefangen hatten, in den Kinderwagen. Ein Grenzwächter sagte: «Das nächste Mal könnten Sie einfach ‹Grazie› sagen.»

10

Man schlängelt sich durch. Kaum hat man etwas begriffen, ist die Phase, wo man's brauchen kann, auch schon vorbei.
«Papa, wohin läufst du? Ich gehe nicht mehr in die Kita!»
«Sorry, Kindergarten, mein Fehler.»
Kaum kenne ich die Fütterungszeiten im Dählhölzli, wollen die Kinder in den Europapark.
«Nein, ich habe Eintritt bezahlt, jetzt schauen wir uns das auch an. Also, wohin wollt ihr zuerst? Zum Moschusochsen,

zu den Papageientauchern? Nein, es gibt bestimmt nicht als Erstes ein Coca-Cola. Kommt jetzt, Kinder, wir stehen allen im Weg! Um Gottes willen, Bub! Wie bist du da reingefallen? Finger weg vom Seehund! Nicht berühren! Himmel. Schwimm her! Nein, bleib stehen, warte. Ja, ich sehe, dass du patschnass bist! Mädchen, denkst du wirklich, das ist der richtige Moment für ein Coca-Cola? Dein Bruder ist im Seehundebecken. Bub, komm einfach her! Nein, er ist selber reingefallen, er kommt auch selber raus. Ich hole ihn da sicher nicht raus. Warum? Was denkst du, warum? Erstens ist das Wasser eiskalt. Und zweitens ist es verboten. Es käme mir höchst ungelegen, wenn ich bei Gericht erscheinen müsste. Ich bin bis Dezember ausgebucht.»

In diesem Moment rief die Gefährtin an und fragte, wie's geht.

«Alles gut, wir sind im Dählhölzli. Alles in Ordnung. Ausser dass dein Sohn keine Grenzen respektiert. Nein, nicht Schlimmes, ich habe alles unter Kontrolle. Die Situation ist, er ist ins Seehundebecken gefallen ... Ins Seehundebecken! Bist du in einem Tunnel, oder was? Er ist bei den Seehunden und du erwartest drei Esser zum Abendessen. Und die bringe ich dir auch. Was soll's, erfriere ich eben. Hör zu, ich klettere jetzt übers Geländer. Falls du nichts mehr von mir hörst: 117 Polizei, 118 Feuerwehr, 235, wenn Polizei und Feuerwehr zusammen kommen sollen. Bis später. Wie?»

Die Gefährtin gab mir einen Tipp.

«Das ist eine Superidee! Was würde ich ohne dich machen! Bub, hör mal, ich gebe deinen Schwestern jetzt ein Sugus. Nur damit du später nicht jammerst, du habest eins weniger bekommen.»

Und wie der Blitz war er aus dem Seehundebecken.

Manchmal staunte ich selber.

«Ein grünes? Es hat kein grünes mehr. Gib du ihr das grüne Sugus, du bekommst dafür zwei andere. Jetzt hört auf zu zanken, das ist ja peinlich.»

11

«Papa, was willst du mal werden?
«Ich? Ich bin doch schon etwas.»
«Geschichtenerzähler.»
«Ist das nicht genug?»
«Unsere Ideen stehlen und alles verdrehen.»
«Und du, was willst du mal werden?»
«Kommt drauf an, ob ich mehr nach Mama gerate oder mehr nach dir. Wenn ich begabt bin, werde ich Tierschützerin. Wenn ich zwei linke Hände habe, werde ich Künstlerin.»

Das ist das Bild, das sie von mir hatten: eine handwerkliche Pfeife.
Aber sie hatten schon recht. Meine Reparaturstrategien waren: Anschreien. Draufschlagen. Sekundenleim. Ich leimte alles, was nicht rechtzeitig aufsprang und wegrannte. Mein glücklichster Tag im Leben würde sein, wenn man mir eine Leimpistole schenkte.
«Hast du ein Problem mit dem Spitzer?»
«Überhaupt nicht.»
«Komm, zeig mal. Ist er verstopft?»
«Mama hat gesagt, sie schaue ihn sich an.»
«Deine Mama hat genug am Hals, ich entlaste sie gern. Gib her.»
«Nein.»
«Gib!»
«Nein! Du machst ihn nur kaputt!»
«Gib jetzt! Entspann dich! Der Spitzer ist in den besten Händen. In ein paar Minuten wirst du deine Farben spitzen, dass van Gogh sich vor Freude noch das andere Ohr abschneidet. Geh ein bisschen weg. Du machst mich nervös. Hoppla.»
«Du hast ihn total vermurkst!»
«Das kann man leimen.»
«Diesen Spitzer zeigst *du* Mama!»
«Für dich muss immer alles perfekt sein, hm? Gib dir noch eine Chance!»

12

«Amor, lässt sich dieser Spitzer noch reparieren?»
«Zeig mal.»
«Mit was für einem Mann wärst du denn gern zusammen?»
«Mit einem, der zufrieden ist mit sich und der Welt.»
«Wärst du gern mit einem Arzt zusammen?»
«Wenn er zufrieden ist.»
«So als Arzt wäre ich bestimmt zufrieden. In meiner A-klassigen Allgemeinpraxis. Ich wäre streng mit den Patienten: So, wer will hier nur nicht arbeiten gehen? Ich hätte ein Mittel für und gegen alles: Aspirin. Nützt das nichts, überweise ich meinen Patienten an die Pfarrerin vis-à-vis.»
«Repariert.»
«Echt?»
Ich glaube, ich hab's schon erwähnt. Es ist eine unendlich lange Liste, was meine Gefährtin alles flickt und repariert und managt: den Adventskalender, die Krankenkassenabrechnungen, die Ferieninselanmeldungen. Sie steht mitten in der Nacht auf, wenn ein Kind schlecht träumt und der Traumfänger ausgeschüttelt werden muss. Sie kocht mit Vitaminen, ohne militant zu sein; sie bricht nicht bei Fredy und mir ein und ersetzt unsere Budget-Rüebli durch Hallerladen-Pro-Specie-Rara-Missbildungen.
Sie geht freiwillig in die Cellovortragsübung. Die Kinder legen ihre Bögen auf die Instrumente, die Cellolehrerin zählt auf vier und die Eltern im Publikum erwarten tapfer und schicksalsergeben ihr Los. Wie damals die Christen im Kolosseum, als der Kaiser die Löwen hereingewinkt hat.
Sie ist eine stille Schafferin wie Marie Curie, eine natürliche Schönheit wie Kathrin Winzenried vom *Kassensturz*. Vom Charakter her lobe ich ihre Autonomie, ihre Ehrlichkeit und Sorgfalt und ihre nachlassende Gebärfreudigkeit.
Egal, wo sie ist, im Kinderkonzert oder eingeschneit in der S-Bahn oder an der überfüllten Familienweihnacht: Sie macht aus jeder Lose-lose-Umgebung eine Win-win-Situation.

Sie kann mit links ein Kind anziehen und mit rechts dazu Prosecco trinken. Ich kann mit links kein Kind anziehen und schütze mich mit rechts vor Wurfgeschossen. Ihre einzige Schwäche ist, dass sie niemand anders gewinnen lässt. Im Carambole, im Brandy-Dog, im Memory. Auch wenn's mir guttun würde. Ihre zweite Schwäche ist, dass sie's übertreibt. Mit der Ordnung. Ihr Kühlschrank ist geordnet nach Sachgebieten. Die Aktenordner mit den Impfausweisen und den Vaterschaftsanerkennungen sind angeschrieben mit Projekt eins, Projekt zwei, Projekt drei. Ihre weiteren Schwächen sind: dass sie im Hotel alle Möbel umstellt, auch wenn man nur eine Nacht bleibt. Sie ist völlig taub für die tiefere Bedeutung von Meisterwerken wie *Rocky IV.* Sie hat alle hundert Mützen und Handschuhe und Regenhosen und Sigg-Flaschen im Kopf, und wehe, der Rücklauf ist nicht hundert Prozent.

Ich finde es richtig, auch ihre Schwächen offenzulegen. Einfach für den Fall, dass hier schon jemand seine Chance wittert und mit dem Gedanken spielt, ihr eine Ehe, ein Tandem und einen gemeinsamen Hausstand anzutragen. Jemand, der meint, er könne mich übertrumpfen. Es wird mich erschüttern, klar, wenn sie mich mal für einen Besseren verlassen würde. Aber ich werde es nehmen wie ein Rugbyspieler, der mit einem Schiedsrichterentscheid nicht zufrieden ist.

«Echt? Mit meiner Ex bist du jetzt zusammen? Ist nicht wahr, oder? Ich könnte dir Dinge über sie erzählen. Es geht nicht darum, ob du's hören willst oder nicht, hör zu! Wie oft seid ihr zusammen im Kino gewesen? Noch nie, so, so, aber das wird sich ändern. Irgendwann wird auch sie etwas anderes anschauen wollen als dein Arzt-Schafsgesicht. Und dann, pass auf, wird sie sich neben dir das Hollywood-Schaffen betrachten und ganz schwer von Begriff fragen: ‹Warum steht der Bodybuilder schon wieder auf? Dem ist doch eine ganze Sozialwohnbausiedlung auf den Kopf gefallen.›»

Als sie mir damals, nach unserem ersten Date, eine Rose brachte, warnte ich sie: «Hör zu, ich darf mich nicht binden. Es würde zu viele Frauen enttäuschen.»
Das war ihr egal. Also sprach ich ein Machtwort: «Okay, wir können zusammensein, aber wenn du Kinder willst, musst du selber schauen.»
Und jetzt, zehn Jahre später, schieben wir drei Kinder zwischen zwei Wohnungen herum, sitzen am gemeinsamen Abend auf dem Sofa und besprechen die Zukunft: Wer holt welches Kind wo ab? Wer bringt welches Kind wohin?

«Und wie geht's eigentlich meiner Mutter? Ist sie immer noch in Kambodscha?»
«Sie ist immer noch in diesem buddhistischen Kloster. Auf der Reise zu sich selbst.
Das ist mutig, eine Reise zu sich selbst. Stell dir vor, du gehst in dich und niemand ist da.
Und wie geht's deinem Vater?»
«Er geht jetzt immer mit den Kindern ins Migros-Restaurant und hat dort diese Frau kennengelernt. Sie an der Kasse, er mit drei massiv gefüllten Lillibiggs-Tellern. Heute kaufen sie sich einen Sennenhund. Am Abend besuchen sie im Kirchgemeindehaus zusammen die Veranstaltung: ‹Tolle kleine Bastelsachen, die Hunden grosse Freude machen›. Und am Wochenende fahren sie nach Frankreich. Er will ihr die Landungsstrände der Alliierten in der Normandie zeigen.»
«Das ist doch wunderbar, schaut dein Vater wieder vorwärts. Die Scheidung hat ihn fertiggemacht.»
«Ja, und mich erst! Wir haben ein grünes Wohnzimmer und einen mitternachtsblauen Esstisch. Ich musste alle Initiationsritualtraumata meiner Kindheit nochmals durchleben. Ich sage dir, ich war so nah dran, dich zu fragen, ob ich zu dir ziehen dürfe.»

13
Wie wird ein Junge zum Mann?
Bei den Cheyenne musst du vier Tage lang die Sonne antanzen. In Äthiopien musst du über ein paar Kühe springen. Der junge Tolstoi ist ins Bordell, der Zürcher Teenie säuft sich ins Koma, und in meinen Kreisen wird man im Wald ausgesetzt. Um sich zu verwandeln. Um vom Kalb zum Muni zu werden.

Wir im Wald: meine Gefährtin, die Kinder und ich, irgendwo im Freiburgischen. Unser Ziel: die Schweizer-Familie-Feuerstelle.
Die Grosse spielte *Candy Crush* auf meinem Handy. Der Bub hatte Streit mit mir, weil ich Cervelats dabeihatte und keine YB-Würste.
«Bub, bitte, wir sind auf einem friedlichen Kernfamilienausflug. Das ist nicht der Moment, um die Sau rauszulassen!»
«Gut. Du gehst zurück und holst YB-Würste, und ich lasse dafür die Sau noch drin.»
Bei der Mittleren klemmt der Reissverschluss vom Faserpelz.
«Zeig mal.»
«Nein, Mama soll das machen.»
«Schon gut, ich kann das auch. Ich habe schon Reissverschlüsse wieder zum Laufen gebracht, da hat deine Mutter noch mit Klettverschlüssen experimentiert.»
«Die Mama soll das machen. Du machst ihn nur kaputt! Wie den Spitzer!»
«Komm nicht mit diesen alten Geschichten.»
«Hör sofort auf!»
«Ich bin dein Vater, du kannst mir nichts befehlen.»
«Mama! Papa macht den Fäsu kaputt!»
«Rätschimeitschi.»

Ich musste kurz austreten. «Geht nur weiter», sagte ich, und die Gefährtin sagte: «Okay, wir sehen uns spätestens bei der Brätlistelle!»

Später, nachdem ich mich gründlich verlaufen hatte, später, nachdem ich mich langsam an den Gedanken gewöhnen musste, hier in diesem Wald, irgendwo im Röstigraben, zu verhungern, da musste ich noch oft an diesen Satz zurückdenken: «Okay, wir sehen uns bei der Brätlistelle!»
Ich ging hinter einem Busch in Deckung. Man konnte den Weg noch sehen. Was bedeutete, dass jeder, der dort entlangkam, mich sah. Also ging ich weiter ins Gestrüpp, genoss die Stille, das Alleinsein, und dann, als ich zurück wollte, hatte ich die schlechteste Idee meines Lebens. Ich könnte ja parallel zum Wanderweg weitergehen, im Versteckten, und meine Brut an der Brätlistelle erwarten, mit den gehäuteten Cervelats über dem Feuer und einem gelangweilten Blick. Na, ihr auch schon da?
Ich marschierte los, im Tempo eines olympischen Gehers. Ich hörte ihre Stimmen in der Ferne, und als ich sie nicht mehr hörte, dachte ich: Gut so, ich bin ihnen voraus!
Aber dann fiel mir ein, dass die Cervelats im Rucksack waren und der Rucksack am Rücken der Gefährtin. Und nicht nur die Cervelats waren dort. Auch das Sackmesser und die Anzündwürfel. Tami nomal. Und ich regte mich auf über mich und über die Gesetze des Universums. Geh ich eben zurück auf den Wanderweg, sind sie halt zuerst dort.
Ich hielt scharf links, steuerte im rechten Winkel auf den Wanderweg zu, so hätte es jedenfalls sein müssen, doch nach einer gefühlten Viertelstunde schien es mir nicht mehr klar, dass ich mich heute auf meinen Orientierungssinn verlassen konnte. Auf meinen in Weltstädten wie New York, London, Teheran und Bern geschärften Orientierungssinn. Besser, ich ginge einfach denselben Weg zurück. Aber welches wäre derselbe Weg?
Wieso haben sie eigentlich nicht gewartet? Ich habe doch gesagt: Geht nur weiter! Was als Einladung zu verstehen ist, Manieren zu zeigen. – Ist schon in Ordnung, wir warten. – Nein, geht ruhig vor. Ich hole euch ein. – Papa, wir sind auf

einem Kernfamilienausflug – wir wollen *mit* dir wandern, nicht ohne dich.
So tönt das in meiner Traumfamilie.
Ich rannte los, weil ich mir Sorgen machte. Ich machte mir Sorgen, sie machten sich Sorgen. Ich stolperte, fiel hin. Wo ist der verdammte Weg?
Ich musste jetzt einen kühlen Kopf bewahren. Durfte nicht durchdrehen.
Was habe ich alles bei mir? Die Schlüssel. Das Portemonnaie. Bravo, das Telefon ist bei der Grossen. Sie stellt einen neuen Rekord bei *Candy Crush* auf, während ihr Vater in den Jagdgründen des welschen Wolfes verschwindet.
He! Hört mich jemand?
Es ist ein Schweizer Wald! Sich in einem Schweizer Wald zu verlaufen, ist unmöglich!
Hört mich denn niemand?
Schweizer Wälder sind doch voller Wanderer, Pfadfinder, Hündeler, Orientierungsläufer. Egal in welche Richtung du gehst, ein Wald-Kindergärtler ist immer schon dort.
«Okay, wir sehen uns an der Brätlistelle!» Sind das tatsächlich die letzten Worte, die ich je von einem Menschen gehört habe?
Mittlerweile sollten sie gemerkt haben, dass ich verschwunden bin. Der Bub würde denken, ich hole YB-Würste, die anderen würden denken, dass mich irgendwas verärgert habe und ich zum Auto zurück sei.
Lassen wir ihn besser dort ein bisschen allein. Mama, bin ich froh, dass er weg ist. Mein Faserpelz ist gerettet.
Wenn sie mich später beim Auto nicht finden, werden sie die Leute auf dem Parkplatz fragen, ob sie mich gesehen hätten. Ein Mann mit einem *too cool to be true*-T-Shirt. Er sieht nicht älter aus als ein Student. Und seine Haare an den Schläfen sind violett.
Die Gefährtin wird in tausend Ängsten schweben und die Kinder werden anfangen zu heulen.

Ich muss sagen, diese Vorstellung erfüllte mich mit Freude und Stolz. Sie werden mich bestimmt vermissen! Ich habe eine unübersehbare Spur in ihre Seelen gelegt! Wobei – das würde ziemlich viel Wirbel auslösen, müssten sie mich suchen. Wildhüter und Rettungskräfte und Spürhunde und das Bundesamt für Kultur wären an dem Wirbel beteiligt, und das alles, weil ich vom Weg abgekommen war. Später würde man herumerzählen, dass man mich halb verhungert gefunden habe. Viereinhalb Meter entfernt vom nächsten rollstuhlgängigen Wanderweg und zehn Minuten entfernt vom nächsten Selecta-Automaten. Meine Kinder würden vor Scham im Boden versinken. Sie würden sich in ein Austauschjahr, in eine andere Zeitzone flüchten. Nur um sich möglichst weit zu distanzieren von ihrem Vater, dieser Niete.

Ich lief schneller.

Ich musste die Brätlistelle finden!

Und stand plötzlich in einem Bach.

Ein Bach! Ein Bach ist die Rettung. Das hatte ich bei Stephen King gelesen: Wenn man sich verlaufen hat, sucht man sich einen Bach und folgt ihm, und der Bach führt einen zu einem grösseren Bach und der grössere Bach führt einen zu einem Fluss und dieser führt einen zum Meer, und dort kann man einen Leuchtturmwärter fragen, welches das günstigste Ticket für zurück nach Bern sei. Nein, ich habe keine Vorteilskarte der Deutschen Bahn, aber für die Schweiz hab ich ein gültiges Generalabonnement.

Doch der Bach versickerte im Nirgendwo.

Muss ich den Rest meiner jämmerlichen Jahre in diesem Wald verbringen? Als Eremit, der von Wurzeln und Insekten lebt, ausgeschlossen von der menschlichen Gemeinschaft. Nur noch die Bäume hätte ich. Guten Morgen, Baum. Guten Morgen, Baum. Guten Morgen auch dir, Baum. Und am Abend: Gute Nacht, Baum. Schon traurig. Verliert sich nach

Jahren mal ein Mensch zu mir, erkenne ich ihn nicht mehr als Artgenossen.

Hallo, mein Name ist Fredy, ich suche ein Zimmer. Ist in deiner Hütte noch was frei? Und ich würde ihn erwürgen, seine Knochen abnagen und in seinen Oberschenkel würde ich meinen literarischen Nachlass ritzen: Ich lebte allein in meiner Hütte, in des Welschlands Waldes Mitte.

Habe ich mich gefreut? Habe ich Freiheit gerufen? Habe ich mir gesagt: Das ist eine wesentliche Phase in deinem Lebenslauf. Jetzt kannst du ein Werk schaffen. Eine Symphonie schreiben. Eine Kirche gründen! Eines Tages wird jemand eine dreiteilige Biografie über dich schreiben: Kiffer, Dichter, Eremit. Er hatte sein Haus als ganz normaler hochbegabter Dichter verlassen und kehrte zurück als Heiliger.

Nein, so will ich nicht leben!

Allein, im einsamen Wald, wo ich Bäume grüsse und Vogelbäder schnitze und Rehe vermähle. Ich weiss, wo ich sein will: daheim, umgeben von zu nahen Verwandten. Ich bin gern allein, aber das Alleinsein macht auch nur Spass, wenn man ab und zu jemanden aus dem Arbeitszimmer verjagen kann. Götter, gebt mir noch eine Chance! Führt mich zurück ins bekinderte Leben!

Was würde ein richtiger Mann tun an meiner Stelle? Was würde Bruce Springsteen tun oder Alain Berset?

Ich kletterte auf einen Baum. Von zuoberst sah ich tatsächlich: die Lichtung, die Brätlistelle, die Gefährtin packte eben die Gemüsespiessli aus, die Mädchen spielten mit der Glut, der Bub verkohlte sein Steckenbrot.

Etwas knackte unter mir. Ist nicht wahr, oder? Der Ast, auf dem ich stand, brach, und ich fiel und fiel – und ich dachte: Okay, das ist es also gewesen.

Die Kinder werden am Grab stehen und sagen: Ich bin froh, ist Papa zuerst gestorben. Ich habe Mama lieber. Papa hat immer so getan, als dürfe man alles, aber dann wurde er sofort sauer. Mit Mama darf man zuerst nicht, aber man kann diskutieren.

Als ich die Augen aufschlug, steckte in meiner Nase irgendein Schlauch. Ich schaute mich um. Sah Gips und Verbände und die Familie an der Bettkante. Die Gefährtin hielt mir die Hand.
«Was interessiert dich mehr – wie viele Knochen du dir gebrochen hast oder wie viele noch ganz sind? Du kannst dich als wiedergeboren betrachten.»
Die Kinder spielten an meiner Sauerstoffzufuhr, aber es war in Ordnung. Der Junge war zum Mann geworden. Der Leitwolf kehrte zurück zu seiner Meute.

14

Ein paar Wochen später. Weihnachten. Die Gefährtin schmückte den Baum. Die Grosse und die Mittlere spielten Krankenpflegerinnen mit mir: Ich war der Patient, mit echtem Gips und echten Krücken, wegen dieses echten Unfalls. Ich machte es ihnen besonders schwer, ich packte noch Diabetiker und dement obendrauf.
Der Bub bastelte sich einen ab.
«Wow, ist der Tyrannosaurus für deine Mutter?»
«Das ist ein Pony!»
«Okay, wenn du sagst, es sei ein Pony, dann ist es eben ein Pony. Ein prähistorisches Pony vielleicht?»
Mit keinem Wort erwähnten sie ein Geschenk für mich. Ich weiss, ich hatte gesagt: Ich will kein Geschenk, ihr seid mir Geschenk genug. Aber langsam hatte ich den Verdacht, dass sie das wörtlich nahmen.
Wir versammelten uns um den Baum. Ich zündete die Kerzen an, jedenfalls diejenigen, an die ich mit den Krücken herankam. Ich las unauffällig die Aufschriften auf den Päckli. Auf keinem einzigen stand: Für Paps, Vati, Papa, für unseren Leitwolf und Leuchtturm, unser wandelndes Wikipedia.
Beim Krippenspiel spielte ich einen verbitterten Josef. Diesem Mann war nichts im Leben geschenkt worden. Die Gefährtin spielte die drei Könige. Sie brachten der Jesuspuppe

Geschenke, die sie mal würde brauchen können: Hier, Jesus, ein Zauberbuch, falls du mal Wasser in Wein verwandeln willst. Und hier, eine Wundsalbe, falls du mal in einen Nagel stehst oder so.
Die Kinder nahmen die Instrumente hervor und spielten *Stille Nacht*. Eine niederschmetternde Angelegenheit. Das Lied war zur Hälfte vorbei, bevor ich es überhaupt erkannte.
Endlich wurden die Geschenke verteilt. Es ging so feierlich und würdevoll zu und her, wie wenn man ein paar Münzen in eine Horde hungernder Bettler wirft. Für die Grosse gab's einen Gleitschirm. Für die Mittlere gab's Bargeld. Und für den Buben gab's: Saugglocke, Hörrohr, steriles Nähzeug. Wir arbeiteten zielgerichtet auf seine Karriere als Hebamme hin.
Nur noch ein Geschenk war übrig.
«Papa, das ist für dich.»
«Oha! Was ist es? Eine Leimpistole?»
«Etwas viel Besseres!»
«Ein Vogelbad.»
«Nein! Du musst es umdrehen und auf den Kopf tun!»
«Sorry, Kinder, das ist nichts für mich. Ich brauche den Wind in den Haaren beim Velofahren, versteht ihr?»
«Bist du sauer, Papa?»
«Ich bin doch nicht sauer, wieso sollte ich sauer sein? Ich habe ja dies hier, und ihr habt nur einen Gleitschirm und Geld, ein Geburtshilfe-Starter-Kit, und meine Liebste bekommt einen Tyrannosaurus…»
«Ein Pony!»
«…bekommt etwas, das mal im Museum of Modern Art als Meisterwerk der naiven Kunst gezeigt wird. Nein, wieso sollte ich sauer sein? Ich bekomme ja einen blöden Velohelm!»
Dann sah ich ihre schockierten Gesichter. Schockiert und enttäuscht und erschüttert und todunglücklich. Ich fühlte mich noch nie so schlecht. Ich schämte mich abgrundtief.
Nein, so würde ich nie ein guter Mensch. Ein guter Mensch stellt das Wasser ab beim Zähneputzen. Isst weniger Fleisch,

kauft regional ein, benutzt kein Duschgel mit Nanoplastikkügelchen. Ein guter Mensch öffnet sein Herz und begegnet den Mitmenschen mit Wohlwollen und Rücksicht.

Die Kinder nahmen mir den Helm aus den Händen und liessen die Köpfe hängen. Eine Lose-lose-Situation. Aber dafür gibt's ist ja meine Gefährtin! Sie sagte: «Willst du es noch mal probieren? Kinder, packt das Geschenk wieder ein. Spulen wir zehn Minuten zurück. Wir geben ihm eine zweite Chance.»

Alle zurück in die Ausgangsposition.

Die Geschenke werden verteilt. Nur eins ist noch übrig.

«Papa, das ist für dich.»

«Oha. Noch immer keine Leimpistole, nicht?»

«Etwas Besseres!»

«Ein Aschenbecher?»

«Umdrehen und auf den Kopf!»

«Sorry, Kinder, ich weiss, ich rege mich schnell auf und sage böse Sachen, die ich hinterher bereue. Aber ich möchte, dass ihr wisst: Ihr seid das Grösste, was mir je passiert ist. Je mehr von euch, desto besser, desto mehr Freude und Kummer und mehr von allem. Ich werde jede Vaterschaftsanerkennung unterschreiben, die man mir hinhält, bis wir so viele sind, dass wir am Weihnachtsfest Namensschilder brauchen. Es ist nicht leicht, das Erwachsensein, aber wenn du so ein magisches Tyrannosauruspony bastelst, wenn du begeistert auf die Zahnfee wartest, wenn ihr zusammen eine überraschende Version von *Stille Nacht* spielt…»

«Papa, was willst du sagen?»

«Was ich sagen will: Ihr seid genau die Menschen, die ich mir um mich herum wünschen würde, wäre ich schlau genug, mir so etwas Überraschendes und Begeistertes und Magisches zu wünschen. Ich möchte mal so sein wie ihr! Ist der Alltag ein Rätsel, dann seid ihr die Lösung.»

Ich presste die Lippen zusammen, um ihnen anzuzeigen, dass sie ihren Gefühlen freien Lauf lassen könnten. Aber sie schienen noch auf etwas zu warten.

Das ist das Problem mit dieser überbehüteten Generation: nie zufrieden.

«Und dieser Velohelm!», sagte ich. «Mit Flammenmuster! Kinder – das ist schönste Weihnachtsgeschenk aller schönen Weihnachtsgeschenke!»

Und ich stülpte mir den Helm über, und jetzt strahlten sie mich alle glücklich an.

Der Bub sagte: «Papa, ich weiss nicht, was machen.»

«Zieh dich an, Bub, wir gehen raus in den Schnee.»

«Bei uns hat's doch keinen Schnee!»

«Schau aus dem Fenster. Schau, was ich eurer Mutter gekauft habe: eine Schneekanone.»

Draussen surrte die Schneekanone. Weisse Flocken fielen auf den Jogger mit rotem Stirnband, der hinter dem Container eine Zigarette rauchte. Er war schon ganz eingeschneit.

DER RICHTIGE FÜR FAST ALLES

1

Ich würde eine neue Badewanne bekommen, teilte mir die Vermieterin mit. Am nächsten Morgen um sieben würden die Handwerker klingeln.
«Um sieben?»
In der Nacht träumte ich von gesellschaftsrelevanten Themen. Von Nordkorea und Palmölplantagen. Von breitschultrigen Sanitärinstallateuren, die mich mit Feinstaub belasten. Sie sind beladen mit rutschfesten Badewannen und drücken endlos die Klingel... Bis ich merkte, dass das kein Traum war, sondern die schamlose Wirklichkeit.
Ins Geklingel mischte sich die Stimme meiner Vermieterin. Sie rief meinen Namen und wurde Bemerkungen über mich los, die meine Persönlichkeit den Handwerkern gegenüber in kein vorteilhaftes Licht stellten. Das Ganze war mir so zuwider, dass ich die Decke über den Kopf zog und hoffte, auf der Südhalbkugel wieder zu erwachen.
Eine Zeit lang war es still. Ich wollte mich schon rausschleichen – hielt das Ohr an die Wohnungstür, um rauszufinden, ob die Luft rein sei. Dann hörte ich einen Schlüssel im Schloss.
Für mich war das ein sehr unglücklicher Moment. In Panik trat ich den Rückzug an. Ich musste mich verstecken und so tun, als sei ich nicht zu Hause!
Und flüchtete ins Bad.
Ich hörte, wie die Eindringlinge ihrem erklärten Ziel zusteuerten. Um Zeit zu gewinnen, schloss ich das Bad ab. Die Vermieterin rüttelte an der Badezimmertür, während ich mich aus dem Fenster zwängte.
Seither bin ich unterwegs. Bin nie zurückgekehrt.

Ich mag eh keine Wohnungen. Zu viel Schwerkraft. Zu viele rechte Winkel.

2

Ich zog los. Kaufte mir eine Stromgitarre und einen Verstärker, fühlte mich frei. Frei wie ein Wolf, gefangen im Körper eines sensiblen Poeten.
«Hey, du da! Musst du ausgerechnet vor unserem Büro spielen?!»
«Müssen wir jetzt Lärmschutzwände installieren, weil da unten ein Penner Eros Ramazotti schändet?»
«Ich geb dir Geld, aber hör auf und verschwinde!»
Und genau das gefällt mir am Unterwegssein: die Begegnungen.

Es war Sommer. Ich stellte mich vor ein Einkaufszentrum... Oder was heisst Einkaufszentrum. Ich war in Zürich, und in Zürich ist ein Einkaufszentrum eine Stadt in der Stadt. Mit Plätzen und Strassen. Und das Ganze heisst Urban Entertainment Center.
Ich stimmte die Gitarre, stellte den Verstärker an, legte los mit *I'm a Virgin* und wartete darauf, dass mich eine Form von höherer Gewalt unterbricht. Die Gewerbepolizei, ein Wirbelsturm, eine Eiszeit, Weltkrieg Nummer drei. Heute war's ein Café Latte, der mich unterbrach. Von einem Trottel, der direkt in mich reinlief.
«Oh, sorry!»
Kein Trottel. Eine Trottelin. Mit ihrem Starbucks-Becher. Ohne Plastikdeckel. Entweder die Frau verzichtete umweltbewusst auf Plastik, oder sie war einfach aus dem Alter heraus, wo man jedes Getränk aus einem Schnabelbecher trinkt wie ein Kleinkind.
Ich schaltete den Verstärker aus, bevor mich ein Stromschlag niederstreckte. Ich wäre nicht der Erste gewesen in der Rock'n'Roll Hall of Fame mit diesem ehrwürdigen Schicksal.

Auf der Bühne elektrisch exekutiert zu werden wie der Gitarrist der Shadows, weil du während einer Madonna-Coverversion mit Kaffee zugeschüttet wirst wie Julia Roberts in *Notting Hill* – mein Vagabundenleben glich einem Best-of grosser popkulturgeschichtlicher Momente.

Die Frau – eine typische Zürcher Karrieretussi mit Sonnenbrille und Ledermappe und mit einer abartigen Hochsteckfrisur – prüfte nach, wie viel vom Kaffee über ihr Business-Class-Kleid gespritzt war. Alles noch mal gut gegangen. Alles über die Strassenkunst.

«Tut mir schrecklich leid, hast du dich verbrannt?»

«Ist das mit Zimt? Hast du schon Weihnachten?»

Die Schockfrisur zerrte mich in einen Waschsalon. Ich warf mein Outfit in die Waschmaschine und verschanzte mich nackt hinter der Gitarre. Ein Mann beim Tumbler schaute verschreckt von seinem Sudoku auf. Aber das lernt man unterwegs: keine falschen Hemmungen haben. Eine Gelegenheit nutzen. Eine Waschmaschine füllt man mit allem, was man hat.

«Soll ich dir etwas vorspielen?», fragte ich.

«Du sollst etwas anziehen.»

«Wie heisst du?»

«Frau Fink.»

«Wie lange brauchst du für diese Frisur?»

«Zwei Stunden Waschen-Schneiden-Föhnen. Wieso?»

«Du gewinnst sicher einen Preis damit. An einer Hundeausstellung oder so.»

«Und wer bist du?»

«Ein Vagabund.»

«Woher kommst du?»

«Von nirgends. Ich habe kein Zuhause.»

«Du musst doch ein Zuhause haben.»

«Ich mag keine Wohnungen. Dauernd wollen sie dir eine neue Badewanne reinstellen. Wieso läufst du im Waschsalon mit einer Sonnenbrille rum?»

«Damit ich dich weniger gut sehe. Du machst einen verwahrlosten Eindruck.»
«Mich nimmt wirklich wunder, wie deine Augen ohne Sonnenbrille aussehen.»
Sie nahm die Sonnenbrille ab und setzte sie sofort wieder auf, weil sie mit meiner Reaktion nicht zufrieden war.
«Pollenallergie?»
«Trennungsschmerz.»
«Also, Frau Fink, der Waschgang dauert dreissig Minuten. Ich könnte meine Verwahrlosung an der Luft trocknen lassen, während du uns etwas zu essen holst und deine Geschichte erzählst.»
«Ich habe gerade einen halben Caffè Latte gegessen.»
«Dann isst du heute eben zweimal.»
Frau Fink holte einen Burger. Sie ass alles, was ich an einem Burger nicht brauche: die Gurke, das Salatblatt, die Zwiebeln, Tomaten, die grünen Spargeln und etwas, das Bärlauch-Hollandaise hiess und ihren Atem in ein Höllenfeuer verwandelte.

3

«Er ist mir damals schon im Globus aufgefallen», begann Frau Fink zu erzählen. «Und dann wieder im Bally. Und als wir uns das dritte Mal begegnet sind, im Benetton, da habe ich plötzlich ans Schicksal geglaubt.
Er hat nicht ausgesehen wie einer dieser beziehungsunfähigen, unzuverlässigen Typen. Einer von denen, wo du aufwachst und fragst, wo die Toilette ist, und er: ‹Keine Ahnung, dachte, dass sei deine Wohnung?›
Nein. Er hat beziehungsfähig ausgesehen. Wie jemand, der Salat im Kühlschrank hat. Wie jemand, der die Schuhe auszieht, wenn er zu Besuch ist. Wie jemand, der dir jedes Jahr die billigste Krankenkasse raussucht. Er hat ausgesehen wie ein Klon von Ignazio Cassis.
Ich bin zu diesem Traummann hingegangen. ‹Hören Sie mal, laufen Sie mir nach? Im Globus haben Sie eine Bambusvase

gekauft. Im Bally Flipflops. Und im Benetton ein Poloshirt. Jedes Mal sind Sie hinter mir an der Kasse gestanden.›
Er finde mich faszinierend, hat er gesagt. ‹Das ganze Design. Bestimmt stimmen auch deine Hidden Values. Mein Name ist Martin. Wie wäre es mit Fusionsverhandlungen?›
Also sind wir zusammen ausgegangen. Und ich habe mir Martin schon als Vater von unseren privatbeschulten Kindern vorgestellt. Weil wir beide ein Diplom der gleichen Wirtschaftsfachhochschule haben. Weil wir beide von Segelferien in Griechenland träumen und beide Bauchschläfer sind und Plüschtiere sammeln.»
«Frau Fink, du sammelst Plüschtiere? Und dein Typ auch?»
«Ja, und?»
«Plüschtiere sind Überträger von Flöhen! Von Zecken und Würmern, von Toxoplasmose! Plüschtiere haaren!»
«Wir haben einander Plüschmurmeltiere geschenkt und Plüschsteinböcke und Plüschsauen. Und deshalb bin ich auch nicht erstaunt gewesen, als ich Martin in der Spielkiste gesehen habe. Ich bin schon auf ihn zugegangen – aber dann ist von links eine Frau aufgetaucht. Zwei Kinder in ihrem Fahrwasser. Die Frau hat das Portemonnaie aus Martins Jacke gezogen, hat ihm einen Kuss gegeben und ist mit den Kindern und ihren Spielzeugdrohnen zur Kasse. Ich bin vor diesen Verräter hingestanden, habe ihn geohrfeigt, rechts und links. Dann gleich noch mal. Und die Geschichte wäre sicher anders weitergegangen, hätte Martin zurückgeschlagen. Hat er aber nicht, und ich bin nach Hause gegangen und habe seine Hidden Values hinterfragt.
Weisst du, Vagabund, ich bin nicht dumm! Ich habe den Artikel in der *Cosmopolitan* genauestens gelesen: Zehn Anzeichen, die zeigen, dass Ihr Date verheiratet ist. Martin war völlig unverdächtig! Sein Ringfinger war genauso gebräunt wie die anderen. Gut, ich war nie bei ihm zu Hause, und am Wochenende musste er sich um seine sterbenskranken Grosseltern kümmern, aber ich schöpfte keinen Verdacht. Im Gegenteil.

Wenn der Typ neben dir im Bett am Morgen aufwacht, aufsteht und verschwindet, dann weisst du, du bist für ihn eine Gummipuppe zum Dampfablassen. Wenn er aufwacht, aufsteht und mit einem Plüschtiger als Geschenk für dich zurück ins Bett kommt, dann glaubst du doch, dass es funktionieren könnte! Ich stinke aus dem Mund, stimmt's?»
«Wie wenn man einen Sarg öffnet.»
«Noch am gleichen Tag habe ich mich bei Parship eingeloggt. Dann hat ein Kurier dreiunddreissig Plüschtiere geliefert. Gleichzeitig hat das Telefon geklingelt. ‹Martin, ich hab dir nie gesagt, dass ich dreiunddreissig bin, und du hast mir nie gesagt, dass du schon Familie hast!›‹Ach komm, tu nicht so. Nur Tiere lügen nie.› Ich habe den Hörer hingeknallt und bin wieder einmal dankbar gewesen für mein nostalgisches Festnetztelefon, bei dem man den Hörer noch anstandslos hinknallen kann.»
«Frau Fink, man kann auch ein Handy hinknallen.»
«Ein Handy legt man mehr so hin. Egal wie enttäuscht man ist. Warum habe ich mich ausgerechnet in Martin verliebt? Was für eine Ressourcenverschwendung! Was für ein mieser Return on Investment! Ich habe wirklich gemeint, dass er mich gern hat: Er hat mir mit Lippenstift Herzchen auf den Schminkspiegel gemalt. Er hat mir in der Drogerie Cranberry-Saft gekauft, als ich eine Blasenentzündung gehabt habe. Wahrscheinlich segelt er jetzt mit seiner Frau durch die Ägäis und sie machen sich lustig über meine Naivität. Nun, ich habe ein Fenster geöffnet und habe Martins Plüschtiere hinausgeworfen. Ich habe das Fenster geschlossen, bin rausgegangen und habe die Plüschtiere eingesammelt. Die können doch auch nichts dafür, dass Martin ein Sauhund ist, oder?»
«Und jetzt, Frau Fink, was willst du? Rache, Vergeltung? Willst du seine Statussymbole anzünden? Seine Frau beseitigen? Die Bilanzen manipulieren von diesem miesen ...?»
«Vagabund, stell dir vor, du hast magische Fähigkeiten und deine Beleidigung wirkt für den Rest seines miserablen Lebens!»

Ich überlegte. Ich nahm diese Aufgabe des Verfluchens ernst. Es schmeichelte mir, dass mir Frau Fink magische Fähigkeiten zutraute. Mir, dem verwahrlosten Hexer. In seiner Hexenküche – dem Waschsalon. Hinter seinem Zauberstab – der Gitarre. In was soll ich Martin verhexen? In ein Geschwür? In einen Sozialdemokraten? In eine Tinder-Leiche? In einen Rückenschläfer? In einen toxoplasmatischen Wurm?
«Ach, am besten du vergisst ihn einfach. Diesen Schlappschwanz.»

Und an ihrem strahlenden Gesicht merkte man, dass Frau Fink sich vorstellte, wie sich Martin zu Hause in einen Schlappschwanz verwandelte.
«Sorry, Schatz. Nicht mal mit Viagra geht's!»
«Schon gut.» Seine Frau stellt die Bambusvase auf den Nachttisch. «Vielleicht bringt dich das auf Touren? Zieh die Flipflops an und das Poloshirt und stell dir vor, ich sei eine Riesenplüschsau.»

«Danke fürs Zuhören.»
«Kein Problem. Ich bin ein Kommunikationstalent.»
«Es kann doch nicht sein, dass ich mit dreiunddreissig meine Zeit damit verbringe, vom perfekten Mann nur zu träumen?»
«Perfekter Mann, wovon träumst du in der Nacht? Von breitschultrigen Sanitärinstallateuren?»
«Ich mache es jetzt wie alle anderen auch. Ich warte, bis mich jemand toll findet und den ersten Schritt macht.»
Das ist das Stichwort. Für den perfekten Mann.
Den Mann beim Tumbler.
Sudoku, Schweizer-Kreuz-Krawatte. Ein überintegrierter Zuwanderer.
«Entschuldigen Sie, ich habe alles mitgehört. Frau Fink, ja? Sie tun mir leid. Sie sind klug, Sie sehen blendend aus. Erlauben Sie, dass ich Ihnen eine Frage stelle?»

Der Mann tat so, als lasse er aus Versehen seinen Sudoku-Block fallen, nur um vor Frau Fink hinzuknien und einen Ring hervorzuzaubern.
«Wollen Sie mich heiraten?»
Oh nein, dachte ich, das ist schlimm. Wenn er sie aufheitern will, ist es schlimm. Wenn er es ernst meint, ist es doppelt schlimm. Und woher hat er diesen Ring? Trägt er den ständig bei sich?
Frau Fink schaute ihn an. «Sorry. Ich heirate keinen Deutschen.»
«Wieso nicht?»
«Man sagt, die haben eine komplizierte Mutterbindung.»
Der Mann packte seinen Ring ein. Und dann diskutierten wir zu dritt gesellschaftsrelevante Themen: Aspekte der Mutterbindung beim gemeinen Deutschen. Aspekte der Liebe zwischen Vertrauen und Konkurrenzverbot. Verzögert Plüschtieresammeln die geistige Entwicklung? Sind Bauchschläfer bessere Menschen als Rückenschläfer?
Frau Fink verabschiedete sich und ging zurück in ihre Business-Class, mit einem Stück Salat zwischen den Zähnen. Und genau das gefällt mir am Unterwegssein: die Begegnungen. Und die Trennung, bevor es schmerzt.

4

Stellen Sie sich vor, Sie sind unterwegs. Stellen Sie sich vor, Sie haben schon genug gehört, stehen auf, drängeln sich seitlich aus der Reihe, lassen Ihre Stadt hinter sich und ziehen als Vagabund durchs Land. Das Land zwischen Bodensee und Genfersee, das Land der Giebeldachdörfer. Ein Bach trennt dieses Dorf vom nächsten Dorf und der Wald trennt diese Gemeinde von der nächsten Gemeinde, aber die Kläranlage betreiben sie gemeinsam.
Sie ziehen durch dieses wunderbare Land: die Männer im Wirtshaus, die Frauen im Treppenhaus, die Kinder im Schulhaus. Die Mädchen tragen Röcke und die Buben duschen nie.

Und jemand sagt zu Ihnen: «Unsere Dorfjugend? Ja, die ist lebensfroh wie ein phosphatdüngerfreies Gartenbiotop. Und wenn sie gross ist, wird sie diplomierter Lastwagenchauffeur, Maurer, Detailhandelsangestellte oder Pharmazieassistentin. Die Dorfjugend heisst Qendrim, Domenico, Clea, Azadeh, Besmir, Flutura, Khevin, Estela, Shperblim, Bedran, Tamara, Elisabetta, Hannes, Granit, Furkan, sie ist vielsprachig wie der FC Liverpool und reichhaltig wie ein Riz Casimir.»
Sie ziehen durchs Land, Sie waschen Ihre Haare in einer Regenpfütze. Sie schlafen auf einem Bänkchen, hinter einem Busch, im Thymian auf der Allmend. Regnet es, schlafen Sie in einer Kirche – ein Heidenspass. Und jemand sagt zu Ihnen: «Woher bist du? Bist nicht von hier, he? Bist du die Vorhut von einem Flüchtlingsstrom? Willst du dich hier niederlassen und einbürgern lassen? Aber bevor du dich einbürgern lässt, denk daran, was es heisst, ein Teilchen von unserem stimmberechtigten Souverän zu werden. In fünfundzwanzig Jahren wurde ich sechzig Mal an die Urne gerufen und stimmte in 214 Sachfragen ab. Ich habe über die Öffnungszeiten von Tankstellenlädeli abgestimmt, über Abtreibung und steuerlich begünstigtes Bausparen, über Jugendmusikförderung, über den Mindestumwandlungssatz in der Invalidenversicherung, über Tempo 30 innerorts und die ärztliche Verschreibung von Heroin. Ich kann es kaum erwarten, über ein Nacktwanderreglement abzustimmen, über gentechfreie Windeln oder über den Mehrwertsteuersatz von zellophanverpackten Blumensträussen. Wozu wähle ich eine Legislative, um den Dreck dann selber zu erledigen? Unser Parlament delegiert die Verantwortung ans Volk und frisst sich an Verwaltungsratsposten satt. Glaube mir: dass man in diesem Land frei heraus sagen darf, was einen wütend macht, macht einem die Wut noch nicht leichter.»
Sie ziehen durchs Land und staunen über Leinenzwang und feuerverzinkte Gartenzäune, staunen über Geburtstafeln und Leintücher an Bauernhäusern, *Julia 9.9.2009, 50 Johr Urs, Svenu*

vöu Glöck. Sie staunen über Tandemfahrer und Fahnenschwinger – wie sie ihre Fahnen hochwerfen und auffangen! Diese Mischung aus Flamenco und rhythmischer Sportgymnastik! Jedes Jahr werden sie besser – werfen höher, fangen eleganter, zeigen immer krasseres Zeugs: Achselwurf, Achselüberwurf, Achselrückenüberwurf, Mühlirad, Unterwaldner Unterschwung. Warum werden die immer besser, die Fahnenschwinger? Haben sie jedes Jahr leistungsstärkere Fahnen? Konkurrenzdruck aus dem Ausland? Professionelle Nachwuchsförderung? Steckt einfach langsam zu viel Geld im Fahnenschwingen? Ein Fahnenschwingenspitzensportler liegt im Gras und die Leute um ihn herum stellen all die Fragen, die ein Fahnenschwinger nicht mehr hören mag: Kannst du davon leben? Was ist deine künstlerische Botschaft? Was wirfst du als Nächstes in die Luft? Kannst du das auch auf einem Stand-Up-Paddle-Brett? Wieso liegst du hier? Na, sagt er, ich liege auf dem Boden und warte, bis mir meine Fahne zurück in die Hand fällt.

Unterwegssein bedeutet: Im Freien schlafen und in der Dunkelheit die Zahnpastatube mit der Haargeltube verwechseln. Am Morgen auf einer Weide erwachen und sich fragen: Wo bin ich? Wie heisst die Kuh neben mir? Unterwegssein bedeutet: Am Strassenrand stehen und aufpassen, dass niemand den Erstklässler überfährt. Bis Sie merken, dass das kein Erstklässler ist, sondern ein Hydrant. Unterwegssein bedeutet: Mit Leuten zusammentreffen, die man in der eigenen Wohnung noch meiden konnte.
Und jemand sagt zu Ihnen: «Hey, du gefällst mir. Weisst du, das bin ich auch mal. Einfach losgelaufen. Hab alles hinter mir gelassen. Ich habe Wanderkarten gedownloadet. Habe eine Vogelstimmenerkennungs-App installiert. Habe den Schrittzähler auf null gestellt. Selfiestick, Tablet, Ladekabel, Akku, Ersatzakku, hab alles dabei gehabt. Ich habe den Staubsaugerroboter vor die Tür gesetzt: Lauf los! Du bist frei! Einfach

mal jede Firewall hinter sich lassen, in die Welt hinauslaufen, das ist schon mega *deep*. Wiesen, Bäche, Wälder, Rehe – meine Aufmerksamkeitsspanne hat neue Rekordwerte erreicht! In unserem Land unterwegs sein, das ist ein optisches Erlebnis wie eine Live-Webcam schauen vom Skilift im Sommer. In unserem Land unterwegs sein, das ist ein akustisches Erlebnis wie eine Schallplatte mit Kratzern. Ein Bergsee, am Ufer schlägt eine Ente mit den Flügeln und macht ein Duckface, und ich rede ein bisschen mit meiner Liebsten: Siri, muss diese wunderschöne Welt bald untergehen? Und Siri so: Solange meine Batterie geladen ist, besteht da überhaupt keine Gefahr. Unterwegssein ist schon empfehlenswert. Unterwegssein ist wie allein im Kino: niemand, der dir sagt, du sollst das Telefon abstellen.

Stellen Sie sich vor, Sie sind unterwegs.
Stellen Sie sich vor, Sie lassen Ihre Stadt hinter sich. Vielleicht aus Neugier oder Sehnsucht oder einfach, weil Sie auch ein Wolf sind, den man nicht an die Leine nehmen kann.

5

Zürich lag hinter mir. Es war Nacht. Ich stand auf dem Dach der Landi in Einsiedeln, streckte mein Handy in den Sternenhimmel und suchte ein offenes Netz.
Ich dachte an Frau Fink. «Es kann doch nicht sein, dass ich mit dreiunddreissig meine Zeit damit verbringe, vom perfekten Mann nur zu träumen?»
Sie sass enttäuscht im Büro. Wartete darauf, dass jemand den ersten Schritt machte. Tränen tropften auf den Laptop, was der Tastatur gar nicht gut tat.
Super Einstellung, warten, bis jemand den ersten Schritt macht! Stellen Sie sich vor: Mondlandung. Aldrin sagt: «Du zuerst, Neil.» Und Armstrong: «Nein, Buzz, nach dir.» Wir würden heute noch darauf warten, dass jemand eine Fahne in den Mond steckt.

Wenn Frau Fink irgendwann verbittert einsehen würde, dass sie mit dieser Strategie höchstens einen tumben Deutschen am Tumbler fände, kaufte sie sich ein paar Katzen, die sie nach ihrem Tod auffressen würden. Das galt es zu verhindern. Ich lief einem Postauto hinterher, um in sein WLAN zu kommen. Als ich es geschafft hatte, schickte ich Frau Fink eine Freundschaftsanfrage auf Facebook. Dann rannte ich dem nächsten Postauto hinterher, um ihr anzukündigen: Ich suche dir jetzt einen Mann! Ich war von meiner Idee begeistert. Von Frau Fink erwartete ich die gleiche Begeisterung. Applaus und Jubel-Smileys. Dankbarkeit. Vagabund, du bist in meinem Leben aufgetaucht und veränderst es zum Besseren! Aber sie antwortete mit fünfzehn Fragezeichen.

Genau dies wird einem Vagabunden immer wieder vorgeworfen: Du mischst dich nicht ein, engagierst dich nicht für die Gemeinschaft. Du nutzt den Strassenbelag ab und erhöhst nur den Umgebungslärm. Du stehst auf Postautobusbahnhöfen und saugst WLAN ab, statt mitzuhelfen, das Bruttonationalglück zu steigern.
Doch da kennt man mich schlecht. Ich bin ein Vagabund, der sich engagiert!

Ich beschrieb einen Karton und stellte ihn neben meinem Verstärker hin. Auf dem Karton stand: «Suche für eine gute Freundin den Partner fürs Leben. Sie ist klug und sieht blendend aus. Er ist nicht verheiratet. Interessenten melden sich bei mir, ich leite sie gern weiter.»
Ich schickte Frau Fink ein Foto des Kartons. «Die Suche nach einem Mann für dich läuft!»
«Partner fürs Leben, so. Schreib doch Lebensabschnittspartner statt Partner fürs Leben. Druck wegnehmen.»
«Nein, Frau Fink, ich weiss, was Männer unter Lebensabschnitt verstehen. Hier geht's um mehr als um einen One-Night-Stand.»

Ich darf sagen, es blieben mehr, deutlich mehr Leute stehen, als wenn ich sonst so mit meiner Musik die öffentliche Ruhe und Ordnung störte. Die Frauen meldeten sich bereits für den nächsten Karton. Und die Männer wollten ein Foto von Frau Fink sehen.
«Nein, das läuft hier so: Ich schicke ihr ein Foto von dir, und wenn du ihr passt, meldet sie sich bei dir. Wie soll ich dich für sie beschreiben?»
«Nun, ich lebe getrennt, habe eine zirka neunjährige Tochter. Bin aber eigentlich nicht wirklich in Beziehungslaune.»
«Du meinst, nicht so Partner fürs Leben?»
«Nein. Mehr so *no stress*.»
Damit es keine weiteren Missverständnisse mehr gab, schrieb ich noch auf den Karton: «Sie sucht nicht *no stress*. Sie sucht was Festes.»
Die Kandidaten unterzog ich einer strengen Charakterprüfung. «Wie beurteilst du die Entwicklung des Fahnenschwingens zum Spitzensport? Hast du jemals einer Ex-Freundin Hass-E-Mails geschickt, mitsamt Totenkopfanimationen und angehängtem Computervirus?»
Die Testsieger leitete ich Frau Fink weiter. Kandidaten aus Luzern, St. Gallen, Olten – alles Meisterwerke der männlichen Vielschichtigkeit.
Ich wartete auf eine Rückmeldung. Auf ein Merci, auf ein: Du bist grossartig, das Frausein ergibt wieder Sinn! Auf eine Einladung zur Hochzeit. Aber ich hörte nichts von Frau Fink.
Irgendwann teilte ich ihr mit, dass ich in Zürich sei. Dass ich an meiner Verwahrlosung gearbeitet hätte und lauter unheilbare Krankheiten aus dem Wallis und Hautausschläge aus dem Rheintal anschleppe und man sich ja mal treffen könne.

Es wurde ein herzliches Wiedersehen.
«Du hast immer noch diese Hundeshow-Frisur.»
«Du gehörst in eine Waschmaschine.»
«Hast du meine Kandidaten geprüft?»

6

«Ja, ich habe sie geprüft. Der Luzerner hat als Erstes den Untersuchungsbericht zu seinem Spermiogramm auf den Tisch gelegt. Der Zürcher ist überzeugt davon, dass seine Mitmenschen nur Nebenfiguren in seiner Reality-Show sind. Der Basler ist auf Bewährung. Weil er seine Exfrau hat entführen lassen, um seinen Ex-Schwiegervater zu erpressen. Mit dem Oltner habe ich eine Bootsfahrt gemacht und bin fast ertrunken, weil er die einzige Schwimmweste getragen hat. Der Freiburger hat mir Komplimente zu meinem weichen Sitzleder gemacht. ‹Hey, du bist wie geschaffen dafür, in meinem Stall auf einem Melkschemel zu sitzen!›
Nur mit dem St. Galler habe ich die gemeinsame Wellenlänge gefunden. Etwas Festes? Jawoll! Kinder? Jawoll! Falls Scheidung, dann friedliche Scheidung? Jawoll!
Wir gingen Minigolf spielen. Mitten in der Nacht fuhren wir auf seiner Vespa zur Minigolfanlage und kletterten über den Zaun. Es war so romantisch, so teambildend. Und richtig Bonnie-&-Clyde-mässig kam es mir vor, als Peter – so hiess dieser St. Galler – als Peter das Kassenhäuschen mit den Schlägern und Bällen knackte. Ich stellte mir schon vor, wie wir in vierzig Jahren an dieser Minigolfanlage vorbeispazieren, Rollator neben Rollator, und wie wir uns an heute erinnern und den Göttern danken, dass wir einander gefunden haben.»
«Na, Frau Fink, zufrieden jetzt? Ich wusste, dass ich das kann! Amor spielen. Mit dem Pfeilbogen die Herzen der Liebeshungrigen durchlöchern! Meine Partnervermittlung funktioniert! Erfolgsquote hundert Prozent! Ich bringe jede unter die Haube! Was hat die Welt nur ohne mich gemacht, früher, ohne meinen Rat und meine Hilfe?»
«Warte. Ich bin noch nicht fertig. Wir hatten kaum Licht. Keine Lampen, kein Mond. Aber ich merkte sofort, dass Peters erster Schlag über die Bahn rollte und Peter unauffällig einen Ersatzball auf die Bahn warf. ‹Peter, so was gehört sich nicht!›
Und da sackte er zusammen und blieb auf der Bahn liegen

wie ein gestrandeter Wal. ‹Peter?› Ich kam überhaupt nicht draus. Ich versuchte, ihn mit Schlägen mit dem Minigolfschläger zu wecken. ‹Steh auf, ich will mal eine friedliche Scheidung, nicht jetzt schon Sterbebegleitung.›
Weisst du, Vagabund, vielleicht bin ich zu streng. Aber ich möchte einen Partner, der fair spielt. Kann man seinem Partner nicht vertrauen, kann man ja gar niemandem mehr vertrauen. Keiner Heilsarmee. Keinem Kurt Aeschbacher. Keiner *New York Times*. Keinen Anti-Aging-Präparaten. Keinen Inhaltsangaben von Lebensmittelverpackungen. Dann ist der Rechtsweg nicht mehr ausgeschlossen.
Es komme gut, versicherte mir der Rettungssanitäter. Peter sei Diabetiker. Eine Zuckerspritze in den Hintern machte ihn wieder munter. Kurz gesagt: Erfolgsquote deiner Partnervermittlung: null Prozent. Man kann nicht einfach einen Karton aufstellen und hoffen, der Richtige beisse an.»
«Nur damit ich das richtig verstehe: Du findest meinen Karton keine geniale Idee?»
«Ich finde ihn eine absolut miserable Idee.»

Nun, ich weiss nicht, wie Sie das haben. Ich kann gut mit konstruktiver Kritik umgehen. Konstruktive Kritik bringt mich weiter. Hätte Frau Fink gesagt: «Das war eine geniale Idee, aber ich hab die Chance nicht genutzt.» Mit dieser Kritik hätte ich leben können. Doch «eine absolut miserable Idee»…

7
«Okay, Frau Fink, hör zu. Wir werden die Suche auf deine Art angehen.»
«Auf meine Art?»
«Betriebswirtschaftlich. Den Markt analysieren. Auf eine Nachfrage mit einem Angebot reagieren. Wir beginnen mit einem Businessplan. Punkt eins: Unternehmensziel. Also, du willst dich paaren, stimmt's?»
«Stimmt.»

«Du willst mal in einem umgebauten Bauernhaus wohnen, dekoriert mit den Geburtstafeln von deinen fünf lebenslustigen Kindern, die barfuss glücklichen Hühnern nachjagen, stimmt's?»
«Kein Bauernhaus. Eine Siedlung für Besserverdienende am Rand der Stadt, mit Genossenschaftsbioladen und Stromtankstelle, und fünf Kinder müssen es auch nicht sein. Zwei Mal Zwillinge sind längst genug.»
«Wie soll er denn aussehen, der Glückliche?»
«Hässlich. Hässlich ist einfacher. Hässliche sind dankbar.»
«Muss er reich sein?»
«Nein. Aber ein Segelboot in Griechenland sollte schon drinliegen.»
«Was für Musik hört er?»
«Das ist mir egal.»
«Was für Bücher liest er?»
«Ist mir egal.»
«Willst du dein Leben mit einer Hülle verbringen oder mit einem Menschen, mit dem du vor dem Einschlafen noch ein wenig reden kannst?»
«Er muss ehrgeizig sein. Er muss wissen, was er will. Er muss für etwas brennen!»
«Das heisst, er ist nie daheim.»
«Er arbeitet nur achtzig Prozent. Familie ist ihm wichtig.»
«Kommen wir mal zu seinen guten Eigenschaften.»
«Was denn noch?»
«Na, Sinn für Humor, Gleichberechtigung der Frau, er ist fantastisch im Bett, er muss dich jeden Tag überraschen...»
«Ja klar, das gehört alles dazu. Er ist der perfekte Freund, der perfekte Liebhaber, der perfekte Vater. Er ist *all in one*.»
«*All in one,* ha!»
«Ja. Und er ist gross und gebildet und – habe ich ehrgeizig schon erwähnt?»
«Gut. Das ist die Nachfrageseite. Machen wir uns morgen auf die Suche nach einem Anbieter.»

«Morgen geht nicht. Ab morgen bin ich in den Ferien. Ich gehe mit einer Arbeitskollegin ins Wellnesshotel. Sauna, Dampfbad, und wir lassen uns die Bikinizone enthaaren.»
«Das ist ideal! Dort triffst du deinen Zukünftigen!»
«Bei der Enthaarung?»
«Im Whirlpool! Wo die fitten Salesmanager im Sprudelwasser ihre Sozialkompetenz optimieren. Noch ganz inspiriert von ihren Motivationsseminaren und den Weiterbildungen in Kopfrechnen. Du kannst die Badekappe ins Gesicht ziehen und blind in die Menge greifen. Du brauchst jetzt nur noch …»
«… eine Liste der Hotelgäste.»
«Nein. Einen auffälligen Bikini. Wir gehen shoppen!»
«Du willst mit mir einen Bikini kaufen?»
«Ja.»
«Vergiss es. So was machen Frauen nicht.»

8

Aber da dirigierte ich sie schon in den Calzedonia. Ich nahm ein paar farbenprächtige Stoffe von den Kleiderständern. «Was ist deine Körbchengrösse? 75B, 75C?», und schickte sie mit dem ersten Bikini in die Kabine. Sie streckte es mir wieder heraus.
«Steht mir nicht.» Ich gab ihr den nächsten. «Steht mir nicht.» Der nächste. «Steht mir nicht.» Ich liess mich nicht entmutigen. Im Umgang mit Menschen ist nichts einfach. Und den passenden Bikini zu finden war ja bekanntlich genauso schwierig wie den passenden Mann.
«Und? Wie ist der blaue mit den weissen Punkten?»
«Ich glaub's ja nicht – ich lasse mir von einem Obdachlosen Styling-Tipps geben.»
«Was machst du da drin?»
«Ich betrachte mich verzweifelt im Spiegel.»
«Komm raus!»
«Spinnst du? Ich würde doch nie im Bikini in den Laden hinauskommen!»

«So sehe ich nicht, ob er dir steht.»
«Dann komm du rein!»
«Spinnst du? Ich würde doch nie in die Kabine reinkommen!»
«Trägerlos geht gar nicht! Bewege ich mich auch nur einen Schritt, fallen die Brüste heraus. Wieso kann ich nicht einfach ein schlichtes, schwarzes Badekleid aus dem Jelmoli haben?»
«Weil es darum geht, aufzufallen.»
«Was würdest du denn anziehen?»
«Wenn ich auf der Suche nach einer Frau wäre? Eine schlichte, schwarze Badehose. Aber ich bin von Natur aus auffällig.»

Ich streckte ihr einen weiteren Bikini in die Kabine hinein.
«Der ist weiss. Schreiend weiss.»
«Wir vom Fach nennen diese Farbe solide blanc classique.»
«Gehe ich damit ins Wasser ...»
«Du gehst damit nicht ins Wasser! Du liegst im Liegestuhl am Pool und nippst an einer Piña colada. Das ist der Businessplan.»
«Weshalb kann ich einen Mann nicht einfach mit meiner Intelligenz bezirzen?»
«Du darfst nicht zu intelligent rüberkommen. Das schreckt ehrgeizige Träger von XY-Chromosomen ab. Intelligenz nützt dir erst, wenn du lange mit einem Mann zusammenbleiben musst.»
«Weiss kommt nicht infrage!»
Der letzte Bikini. Etwas in Kirschrot.
«Wie ist er?»
«Etwas fehlt!»
«Was fehlt?»
«Stoff fehlt!»
Ich riss den Vorhang auf. «Dreh dich mal um.»
«Ich fühle mich wie das Gegenteil eines Chamäleons. Von mir ist alles sichtbar.»
«Das sieht nur seltsam aus, weil du drunter monströse Bridget-Jones-Unterhosen trägst. Geh mal ins Profil! Arm in die Hüfte! Und einknicken! Und jetzt schau dich an!»

«Ich mag mich nicht mehr anschauen. Wenn ich ihn nehme, sind wir dann fertig?»
«Natürlich nicht. Du brauchst noch ein Paar schicke Espadrilles.»
«Es ist ein Hotelswimmingpool! Da trägt man so hässliche weisse Schlarpen!»
Ich nahm ihre Hand und drehte sie Fahnenschwinger-Flamenco-mässig im Kreis. Wir knallten gegen die Wand in der engen Kabine. Von den Bügeln wirbelten Bikinis und Tankinis und Mikrominis herunter wie ein Konfettiregen an einer Bachelorparty.

9

Als Direktor Moser einmal frei hatte – weil er am Feiertag keine Termine abmachen durfte oder weil die Welt still stand – als Direktor Moser also plötzlich ein Privatleben haben musste, steckte er in Schwierigkeiten. Weil er den Sinn des Lebens auf einmal in der Freizeit finden musste.

Da hatte er den rettenden Einfall, sich in ein Seminarhotel zurückzuziehen und die sinnlos anstrengende Freizeit durch eine sinnvoll anstrengende Weiterbildung im ganzheitlichen Führen von Führungskräften zu ersetzen.

In der obligatorischen Meditation dachte Direktor Moser sich Gegenmassnahmen zu kürzeren Arbeitszeiten aus. Es war still im Mediationsraum, alle hielten die Augen geschlossen und konzentrierten sich auf ihren Herzschlag und auf die Schweissfüsse des Kursleiters. Direktor Moser musste aufpassen, dass er nicht auf der Stelle einschlief und im Schneidersitz auf dem Kissen etwa noch auf den Kursleiter kippte. Und der Kursleiter würde auf Frau Fink kippen, Frau Fink auf Frau Hägetschwiler und die ganze Meditationsrunde würde kippen wie ein Domino...

«Herr Moser, worauf konzentrieren wir uns?», fragte der Kursleiter.

«Auf das Führen von Führungskräften.»

«Wir konzentrieren uns auf den Herzschlag. Gibt es ein Problem, Frau Fink?»
«Nein, nein. Ich frage mich nur, ist unser Herz tatsächlich der Sitz der Liebe? Der Heizofen der Gefühle?»
«Frau Fink. Sobald Ihre Gedanken abschweifen, lenken Sie sie zurück aufs Thema. In Ordnung?»
«Meine Gedanken schweifen gar nicht ab. Sie sind die ganze Zeit bei meinem Herz. Ich frage mich, wo die Liebe sitzt. Im Herz wohl nicht. Seit der ersten Herztransplantation wissen wir ja: Meine Pumpe kann für irgendjemanden pumpen. Wir sollten es in Liebesbriefen anders schreiben. Wir sollten nicht mehr schreiben: O du mein Herz... Wir sollten schreiben: O du mein Hirn. Jedenfalls solange es der Medizin nicht einfällt, auch noch Hirne zu verpflanzen.»
«Meine Güte», sagte Direktor Moser. «Sie sind aber eine Intelligenzbestie.»

Im Thermalbad, als Frau Fink im kirschroten Bikini durchs Aqua steppte, da war es um Direktor Moser geschehen. Er schob seinen Korbstuhl neben ihren und bestellte Piña coladas. «Ich kann Ihnen den Link zu einem interessanten Artikel schicken. Über Hirngewebetransplantation.»
«Merci! Gern!»
Frau Fink möchte geliebt werden. Sie möchte geliebt und geschätzt und mit Max-Havelaar-Rosenblättern überschüttet werden. Und ein Artikel über Hirngewebetransplantation war doch schon mal ein guter Anfang.
«Sie sind allein hier?»
«Mit einer Arbeitskollegin. Frau Hägetschwiler.»
«Ist das die, die in der Meditation so unruhig hin und her gerutscht ist?»
«Ja, ihr Intim-Piercing hat sich entzündet.»
«Mühsam. Hatte ich auch mal.»
«Ein Klitoris-Piercing?»
«Eine Entzündung.»

«Was hat geholfen?»
«Kamillensitzbad.»
«Kamillensitzbad ist super.»
Am Abend zogen sie durchs Dorf. Frau Fink lächelte viel und sagte wenig und knickte bei jedem Schritt mit ihren High-Heels-Espadrilles ein. Zum Glück fragte Direktor Moser nicht, was sie beruflich genau machte. Sie führte zwar in ihrem Job keine Führungskräfte, verdiente aber mit all ihren Boni und Fringe-Benefits wahrscheinlich mehr als er. Ein Mann wie Direktor Moser nahm so was persönlich.
Als er über seine verantwortungsvolle Arbeit redete, schweifte Frau Fink mit den Gedanken ab und dachte an Babys. Das war nicht schlimm, weil es ihm nicht auffiel. Direktor Moser war gross, gebildet, er hatte eine übertriebene Arbeitsmoral und sah überhaupt nicht zu gut aus. Vier Punkte auf Frau Finks Businessplan. Aber gleichzeitig fand sie ihn ein bisschen langweilig. Sie hatten noch gar keine Beziehung, doch Frau Fink ertappte sich schon beim Gedanken: Eigentlich sind wir nur zusammen wegen der Kinder. Ist das schon alles gewesen?
Direktor Moser war noch fern von solchen paartherapeutischen Grundsatzdiskussionen. Er blieb vor jedem Gewässer stehen. Vor dem Dorfbach, vor dem Dorfbrunnen, vor dem Forellenbecken vom Restaurant Frohsinn. Er stellte sich Frau Fink im kirschroten Bikini im Dorfbach vor, im Dorfbrunnen, im Forellenbecken.
Vor dem Dorf war ein kleiner See. Direktor Moser schlug ein Nachtschwimmen vor und entkleidete sich. Frau Fink wollte nicht.
«Ach komm. Das ist Fun!»
«Fun allein interessiert mich nicht.»
«Ich habe gern widerspenstige Frauen.» Er hielt sie am Arm fest und zog sie zum Wasser. Frau Fink befreite sich und stiess Direktor Moser ins Wasser.
Sie ging zurück in den Wellnessbereich und Frau Hägetschwiler, die ihnen heimlich gefolgt war, stand am Ufer und passte

auf, dass da keine gesellschaftsrelevante Führungskraft ertrank.
Frau Fink im Wellness. Sie wollte geliebt und geschätzt werden. Verzaubert und bewundert. Sie wollte verwöhnt, gelobt, geschmeichelt, unterstützt, gehalten, verehrt und getröstet werden. Und eine Packung schwarzer Schlamm aus dem Schwarzen Meer war doch ein weiterer Anfang.

«Frau Fink, ein Date mit dir ist wie ein Date mit dem Tod», sagte ich. «Den einen treibst du auf dem Minigolfplatz in ein Zuckertief. Der andere nimmt im Dorfsee ein Algensitzbad. Den dritten lässt du in einen Schlappschwanz verhexen. Es gehört schon viel Mut dazu, sich mit dir zu treffen.»
Ich begleitete sie zu ihrem Büro. In ihrer Ledermappe suchte sie nach ihrem Badge für den Personaleingang. Als sie ihn endlich fand, sagte sie: «Vagabund, geht's dir auch manchmal so? Du suchst und suchst, und was du suchst, ist direkt vor deiner Nase.»

10

«Wieso bist du unterwegs?»
«Es geht darum, viel zu sehen, verstehst du, Frau Fink? Sich alles reinzuziehen. Jetzt zum Beispiel: Wären wir nicht in der Stadt, sähen wir eine Million Sterne. Man nimmt so viel mit, wenn man unterwegs ist. Im Bündnerland bekommst du das Cordon bleu mit Bündner Bergkäse. In Fribourg bekommst du das Cordon bleu mit Greyerzer. Im Wallis mit Raclette, im Tessin mit Mozzarella. Diese Vielfalt! Man nimmt so viel mit. Und gleichzeitig sortiert man alles Unnötige aus. Wäscht sich die Haare in einer Regenpfütze.»
«Kein Mensch, der bei klarem Verstand ist, wäscht sich die Haare in einer Regenpfütze.»
«Das Leben ist simpel, Frau Fink. Wie ein Rezept von Jamie Oliver.»
«Wovor rennst du davon?»

«Ich mache dich nervös. Wie eine Kommissarin stellst du eine Frage nach der anderen. Fehlt nur noch die grelle Lampe, die mir ins Gesicht zündet.»
«Du bist einfach anders als alle anderen.»
«Du bist auch anders, Frau Fink.»
«Ich bin ganz normal. Ein Bürogummi. Jemand mit ganz konventionellen Vorstellungen, wie alles sein sollte.»
«Wie sollte es denn sein?»
«Herbst sollte es sein, nass und kalt. Dann darfst du wieder grundlos depro sein. Pediküre kannst du sein lassen, trägst wieder Socken. Kannst aus Kastanien und Zahnstochern *Star-Wars*-Figuren basteln. Fertig Sommerfigurstress: Der Tomaten-Mozzarella-Salat kommt wieder auf nahrhaftem Teig und heisst Margherita.»
«Herbst, die perfekte Jahreszeit...»
«Ja. Am liebsten mit dem perfekten Mann an der Seite.»
«Du bist eine erwachsene Frau und träumst von einem Märchenprinzen.»
«Und du bist ein erwachsener Mann und benimmst dich wie ein Student auf Interrail. Wann entscheidest du, was du mit deinem Leben anfangen willst?»
«Soll ich dir ein Geheimnis verraten, Frau Fink?»
«Nur zu.»
«Jeden Tag lege ich ein bisschen Geld zur Seite von der Kollekte, damit es mal für ein Ticket reicht. Für ein Ticket an den Pazifik.»
«Du hast ja auch einen Businessplan! Was ist, wenn du dich unterwegs verliebst?»
«Hör auf.»
«So was kann passieren.»
«Es kann immer alles passieren. Eiszeit, Wirbelsturm, Weltkrieg Nummer drei...»
«Was ist, wenn du dich verliebst?»
«Ich verliebe mich nicht. Ich habe mich als jung ein paar Mal verliebt und bin jedes Mal auf die Schnauze gefallen. Häufiger,

als ich die Zahnspange habe nachziehen lassen müssen. Nein, das habe ich hinter mir.»
«Was ist, wenn sich jemand in dich verliebt?»
«Frau Fink, es gibt so viele relevantere Themen! Wieso soll man sich eine Wohnung zulegen, solange man Kumpels mit Wohnungen hat? Wie knabbert man bei einem Twix das Biskuit ab, ohne dass einem das Karamell runterhängt?»
«Was ist, wenn sich jemand in dich verliebt?»
«Ich bin wie ein Hemdknopf. Wird's mir zu eng, spickt's mich weg.»

11

War ich in jenem Sommer zufällig in Zürich, wartete ich am Abend vor ihrem Bürogebäude auf Frau Fink und begleitete sie nach Hause. Ich war in jenem Sommer recht häufig zufällig in Zürich. Ich befürchtete natürlich, ich sei verliebt. Aber ich beruhigte mich, als ich merkte, dass ich nur Hunger hatte. Und wenn ich mir ihre Plüschtiersammlung vorstellte, verging mir auch der Hunger.
«Wo schläfst du heute?»
«Hinter einem Busch. Auf einer Parkbank. Mal schauen.»
«Ich könnte dir mein Sofa anbieten.»
«Deine Wohnung ist der Friedhof der Kuscheltiere.»
«Hast du Hunger? Ich habe Cherrytomaten.»
«Hunger halte ich aus.»
«Weshalb kommst du nicht mit hoch?»
«Weil ich morgen nicht mehr hier bin.»
«Dann bleibt uns Zeit bis morgen.»
«Das wäre dir niemals genug.»
«Was wäre mir denn genug?»
«Frau Fink, du hast wunderschöne Augen, aber du bist anstrengend und stellst zu viele Fragen. Ich wäre dir niemals genug.»
«Wer wäre mir denn genug?»
«Ein Mann mit einem Segelschiff in Griechenland. Ein Mann mit blauem Wasser in der Toilettenschüssel. Er behält deinen

Warmwasserboiler im Auge und schiebt deinen Kinderwagen und küsst deine Kaiserschnittnarbe. Er hat eigene Ferienideen und eine sympathische Geliebte.»
«Mal bist du total lieb und dann wieder ein richtiges Biest. Ich glaube, ich lasse mich so gern von dir heimbegleiten, weil ich nie genau weiss, was ich bekomme.»
Wir standen so nah nebeneinander vor ihrer Haustür, dass sich unsere Schultern berührten. Mein Herz raste. Sie nahm meine Hand und drückte sie fest zwischen ihre Körbchengrösse 75C.
«Du hast eine Erektion.»
«Immer um diese Zeit.»
«Merkst du nicht, was wir haben? Du holst mich ab. Du bist für mich da.»
«Ich bin ein Vagabund. Ich bin für niemanden da.»
«Wenn es mir schlecht geht, kann ich mit dir einen Burger essen und du tröstest mich.»
«Alle Nährstoffe des Burgers landen in meinem Magen.»
«Es reicht schon, wenn ich an dich denke, und es geht mir besser.»
«Frau Fink, du suchst zuverlässige und dauerhafte Liebe. Du suchst *all in one,* ich bin mehr so *one for all.*»
«Die Zukunft ist mir egal, ich möchte jetzt mit dir zusammen sein.»
«Du solltest den Mann mit hochnehmen, den du wirklich willst, Frau Fink. Und das bin nicht ich.»
«Ich fasse es nicht! Du stehst einfach da mit einer verklemmten Erektion und tust so, als habe das, was ich sage, keinen Einfluss auf irgendwas?»
«Ich muss aufpassen, dass es mir hier nicht den Boden unter den Füssen wegzieht, verstehst du?»

12

Ich nahm mir vor, nicht mehr in ihrer Gegend aufzutauchen. Wow, das war knapp! Eine heisse Nacht auf ihrem Sofa, ein

goldener Moment, bevor die Erwartungen zuschlagen. Und dann monatelanges Gejammer. Komm zurück, lass es uns wenigstens probieren! Nein danke. Zum Glück bin ich zu sensibel, um ihr das anzutun.
Bevor ich abtauchte, stattete ich ihr einen letzten Besuch ab. Schliesslich waren wir Freunde geworden und da gehörte es sich, Abwesenheitsmeldungen zu schicken. Ich wolle nur kurz tschüss sagen und ach, *by the way,* gib doch alles auf und komm mit mir, egal wohin es uns verschlägt. Lass es uns wenigstens probieren!
Ihr Bürogebäude hatte eine Empfangshalle wie ein orientalischer Palast. Marmorsäulen, ein Springbrunnen in der Mitte. Fehlten nur noch Haremsdamen, die in wallenden Gewändern und Eunuchen, die mit Turbanen auf dem Kopf umherliefen.
«Ich möchte zu Frau Fink.»
Die Empfangsdame musterte mich. «Wen kann ich melden?»
Ich war eingeschüchtert. Ich wollte nicht eingeschüchtert sein, nur weil mein sozioökonomischer Status hier so ganz und gar nicht reinpasste. Ich musste mir in Erinnerung rufen, dass es mir ja grundsätzlich besser ging als all diesen Arbeitnehmern, diesen Dienern und Knechten und Mätressen des Kapitals mit ihren Arbeitsverträgen, Spesenvergütungen, Materialkostenrückerstattungen. Mit ihren Nachtarbeitszuschlägen, Sonntagsarbeitszuschlägen, mit ihren Mensagutscheinen und Teuerungsausgleichen und Nespressokapselkontingenten. Ich war frei, frei wie ein rollender Busch in einem Western. Mich fesselte keine zweite und dritte Säule.
«Es wird gleich jemand kommen», sagte die Empfangsdame.
«Was soll das heissen? Es wird gleich jemand kommen? Ich will, dass Frau Fink kommt. Nicht irgendjemand.»
«Frau Fink ist in einem Meeting.»
«Ist noch irgendjemand nicht in einem Meeting heutzutage?»
Die Empfangsdame starrte mich an. Das konnte ich auch,

sie anstarren. Sie hatte blaue Augen, weisse Haare und rote Lippen – eine Amerikaflagge als Kopf.

«Wissen Sie was? Ich sehe mal nach, ob ich sie selber finde.» Ich wollte zu den Liften, die Empfangsdame sprang auf, ein Security lief auf mich zu, wollte mir schon den Arm auf den Rücken drehen, sodass ich nie mehr einen Major-sieben-Akkord würde greifen können …

Und da kam sie die fette Treppe herab: Frau Fink, umringt von einer asiatischen Handelsdelegation.

«Was ist denn hier los? Ist schon gut, Fitim, Sie können ihn loslassen, er ist nicht gefährlich. Was gibt's? Ist es dringend?»

Und ich hätte am liebsten gesagt: Frau Fink, du brauchst das alles doch nicht. Meetings, hohe Absätze, Waschen-Schneiden-Föhnen-Orgien. Komm mit mir, laufen wir los, und am Abend machen wir auf dem Dach der Landi ein Lagerfeuer. Du stichst dir die Blasen auf an den Füssen, und ich mache dir einen teambildenden Unisex-Haarschnitt. Ich bin nicht reich, mein Börsenwert strebt gegen null. Ein Segelschiff in Griechenland kann ich dir nicht bieten. Aber ich besorge dir ein paar Nordic-Walking-Stöcke für die ersten Kilometer, falls du sie brauchst.»

Die Empfangsdame würde ein Taschentuch hervornehmen und der Security würde die romantische Hintergrundmusik aufdrehen.

Stattdessen sagte ich: «Muss die Situation dringend sein, damit ich dich sehen darf?»

«Sorry, ich habe nur kurz Zeit. Was willst du? Möchtest du, dass ich alles aufgebe und mit dir durchs Land ziehe?»

«In diese Richtung gehen meine Gedanken, ja.»

«Vagabund, du kommst zu spät. Ich habe jemanden kennengelernt.»

Beim Ausgang schmeisse ich das Zweierzelt in den Abfall. Das Zweierzelt, den Cranberry-Saft und das Trockenshampoo.

13

Jemand lernt jemanden kennen, den du auch kennst. Oder anders gesagt: Jemand findet jemanden toll, den du auch toll findest.

«Hör mal, Alter. Ich brauche ein paar Tipps. Wer ich bin? Was soll das heissen, wer ich bin. Erkennst du meine Stimme nicht? Steve! Wir sind zusammen in den Gymer! Du hast das Chalet meiner Eltern abgefackelt! Was ist da so laut, ich höre dich fast nicht. Wieso gehst du auf der Autobahn? Warum ich anrufe, nun ... also, gell ... ich habe da jemanden kennengelernt. An einer Ü30-Party in Winterthur, und ich muss sagen, wenn du dich mal begehrt fühlen willst, dann musst du nach Winterthur! Was biologische Uhr? Das war meine Ausstrahlung! Jedenfalls habe ich mit ihr geschwatzt und sie sagte, mein Dialekt erinnere sie an einen Bekannten von ihr, an einen Strassenmusiker, und ich sage, das ist lustig, ich kenne auch so einen Loser. Und nun haben wir bald das erste Date, und ich möchte alles richtig machen. Doch, du kennst sie! Fink, Frau Fink, 33, irgendetwas mit Vermögensverwaltung. Wie gut kennst du sie? Seid ihr mal zusammen gewesen? Kennst du ihren Vornamen? Was muss ich machen, um ihr zu gefallen? Hässlich? Wie meinst du das? Ich bin hässlich. Ich habe mal geboxt. Was ich arbeite? Bin auf dem Soz-Dienst. Wieso soll ich ihr nicht sagen, dass ich auf dem Soz-Dienst bin? Das ist eine ehrenvolle Tätigkeit. Okay, okay: Mein grösster Wünsch ist – warte, nicht so schnell, ich muss mir das aufschreiben – mein grösster Wunsch ist, mal ein international tätiges Unternehmen zu leiten und für die Herren vom Rotaryclub eine Segelregatta zu organisieren... Das ist doch Blödsinn! Das kann ihr doch nicht wichtig sein! Hat sie Hobby? Plüschtiere, okay. Nein, ist doch nicht schlimm. Die eine sammelt Plüschtiere, die andere Kinder von verschiedenen Vätern. Sonst noch was? Ja, gell, sie hat wunderschöne Augen!»

Vierundzwanzig Stunden lang hatte ich andere Sorgen. Campingstress im Wald wegen eines engstirnigen Försters. Altglas entsorgen und so fort. Dann rief ich Frau Fink an. Fand sofort die treffenden Worte: «Wie läuft's?»
«Sag mal, wieso hast du mir als mein Partnervermittler Steve nie vorgestellt? Wir sind zusammen ins Restaurant. Unser erstes Date. Er fragt mich, was er bestellen soll. Ich empfehle den Fisch und er sagt: ‹Gut, dann nehme ich den Fisch, gell.› Das Tatar sei auch nicht schlecht. ‹Gut, dann nehm ich das Tatar, gell.› ‹Schau mal, Steve, die haben als Kindermenü nicht nur Schnitzelpommes. Hier gibt's sogar eine Kinder-Grillgemüseplatte!› ‹Gut, dann nehm ich die Kinder-Grillgemüseplatte, gell.› So süss, findest du nicht? Ich habe sofort mütterliche Gefühle für Steve entwickelt.»
«Hast du ihn gefragt, was er beruflich macht?»
«Ja. Er hat gesagt, sein grösster Wunsch sei, weiter auf dem Soz-Dienst zu arbeiten. Das sei super dort, es lenke von den eigenen Problemen ab.»
«Und da bist du aufgestanden und gegangen.»
«Nein, da bin ich nicht aufgestanden und gegangen.»
«Aber deine Gefühle haben einen kleinen Dämpfer bekommen, weil es ihm an Ehrgeiz mangelt.»
«Ehrgeiz ist doch nicht das Wichtigste! Support ist viel wichtiger! Ich habe ihm gesagt, ich müsse bald zum Coiffeur, und Steve sagt: ‹Pass auf, dass er deine schöne Frisur nicht ruiniert, gell!› Nichts von Hundeshow, verstehst du? Und jetzt kommt das Beste, beim Dessert sagt er: ‹Darf ich dir ein Kompliment machen?›»
«Er hat dir gesagt, du hättest wunderschöne Augen.»
«Ich bin geschmolzen!»
«Ich habe dir auch schon gesagt, du hättest wunderschöne Augen. Nur so als Beispiel.»
«Du hast es gesagt wie ein Augenarzt. Ich war einfach nur froh, dass du mir nicht noch einen Grauen Star diagnostiziert hast.»

14

Zwei Frischverknallte vor einer Kinder-Grillgemüseplatte. Das Bild machte mich aus ästhetischen Motiven fertig. Als ich es nicht mehr aushielt, rief ich Steve an. «Steve! Du hast ihr vorgegaukelt, ihr Traummann zu sein. Du hast auf jede Frage die Antwort gegeben, die sie nicht hören wollte, und genau das wollte sie hören! Das macht man nicht! Man spielt nicht mit den Hormonen von Ü30-Frauen!»

«Hör zu, ich bin gerade mit Frau Fink zusammen, unser zweites Date, und du störst ein bisschen. Sie erzählt mir von ihrem sozialen Umfeld ...»

«Frau Fink hat ein soziales Umfeld?»

«Eine Schwester, einen Halbbruder. Sie freut sich auf jeden Festtag im Jahr, weil sie dann alle zusammen sind.»

Steve weiss von ihr schon mehr als ich! Dabei bin doch *ich* das Kommunikationstalent! Super. Frau Fink hat einen gefunden. Steve. Steve! Steve ist ein Mensch, der mitten in der Nacht im Pyjama hysterisch durch den Schnee springt. Okay, das war damals an der Silvesterparty im Chalet seiner Eltern. Das Chalet brannte ein bisschen und Steves Pyjama brannte auch schon ein bisschen. Durch den Schnee rennen und sich im Schnee wälzen tat ihm sicher gut. Aber dieser Mann ist einfach nicht cool, und so was bessert sich nicht mit den Jahren.

Ich musste Frau Fink warnen. Schon manche romantische Komödie wurde zerstört von einer Nebenfigur, die zu wichtig wurde.

«Frau Fink. Steve ist der Falsche!»

«Bist du eifersüchtig?»

«Ich kann einfach nicht zusehen, wie Freunde von mir falsche Entscheidungen treffen.»

«Steve ist keine falsche Entscheidung.»

«Er hat kein Segelschiff!»

«Er kennt jemanden, der eins hat.»

«Er nimmt die Kinder-Grillgemüseplatte!»
«Er ist sozial kompatibel.»
«Steve hat bestimmt eine dunkle Seite. Er sieht aus wie ein Mensch, der ein Geheimnis hat.»
«Ja. Weisst du, was sein Geheimnis ist? Er ist so verständnisvoll! Ich habe ihm erzählt, dass ich mir manchmal nur ein klein wenig mehr Verständnis wünschte für das, was da jeden Monat mit uns Frauen passiere. Ein bisschen mehr Mitgefühl statt nur die blöden Kommentare im Büro. Aha, hat sie wieder ihre Tage. Und weisst du, was Steve gesagt hat? Er wolle wissen, wie das sei. Er wolle jetzt auch mal menstruieren. Ich habe ihm gesagt: Steve, wenn du menstruieren willst, dann schaffst du das.»

Ich rief Steve an. «Steve! Das geht ja gar nicht! Du kannst nicht plötzlich Eierstöcke entwickeln!»
«Oh, ich sage dir, ich will allein sein, ich will ins Bett, so eine Mens ist brutal. Aber ich zwinge mich, ganz normal zu arbeiten. Frauen können sich ja auch nicht jeden Monat ein paar Tage ins Bett legen, gell?»
«Steve, wie machst du eine Mens als Mann? Die ganze Sache mit den Tampons und den Slipeinlagen?»
«So zum Einstieg habe ich drei Flaschen Rotwein getrunken. Mit Kopfweh und Müdigkeit kann ich mit jeder mithalten. Und nun habe ich zwischen meinen Beinen Elektroden montiert und habe diese Elektroden an einen Viehhüter angeschlossen. Ich sage dir! Diese Stromschläge! Diese Unterleibsschmerzen!»
«An einen Viehhüter?»
«9-Volt-Batterie. 5 Leistungsstufen. Für alle Tierarten geeignet, steht im Prospekt.»
«Ist das gesund?»
«Nein, aber so ein Frauenversteher im Internet, ein Pionier der männlichen Menstruation, hat gemeint, eine Zeit lang könne man das schon machen.»

«Und das ist jetzt deine Periode?»
«Ich könnte ausrasten! Die Stromschläge machen mich fertig. Dauernd putzt es mir eins!»
Ich marschierte nach Zürich. Direkt an Frau Finks Apéro.
«Frau Fink. Steve spinnt!»
«Steve ist ein Held. Weisst du, was er gesagt hat, als ich ihm gesagt habe, er sei ein Held? Er sei jetzt parat für die Simulation von Geburtsschmerzen. Apropos Heiraten…»
«Wir reden nicht von Heiraten! Wir reden von Menstruation und Geburtsschmerzen und…»
«Vagabund, das gehört alles zusammen.»

15

Ich hätte nicht an diesen Apéro gehen sollen. Ich hätte schön auf der Strasse bleiben sollen. Ich hätte nicht meine Gitarre in den fünften Stock von diesem Businessstempel schleppen sollen, um meine Kunst vor ein paar betrunkenen Kapitalisten dem Kommerz zu opfern. Doch es war Frau Finks Beförderungsapéro. Und sie hatte gesagt, sie stehe nicht gern im Mittelpunkt und ihr gefalle meine Musik…
«Nur ein paar Songs. Bitte! So als kulturelle Untermalung.»
«Kulturelle Untermalung! Frau Fink, meine Kunst zielt auf den existenziellen Kern des Menschseins!»
«Ich zahle eine Gage.»
«Ich will einen Backstage.»
«Bekommst du.»
«Ich will Tequila. Viel Tequila.»
«Bekommst du.»
«Ich will ein halbes Kilo M&M's. Aber nur die grünen. Du musst die anderen Farben aussortieren.»
«Ich als Führungskraft, kannst du dir das vorstellen? Dabei bin ich gar keine Chefin. Ich bin viel zu nett. Sogar die Netten in meiner Abteilung finden mich zu nett. Die anderen Abteilungen haben mich noch überhaupt nicht zur Kenntnis ge-

nommen. Niemand sieht in mir ein Alpha-Weibchen. Ausser mein Chef. Verzweifelt hat er innovative Leute gesucht, die er weniger innovativen Leuten vorsetzen kann. Und wenn du meinst, den Ruf, innovativ zu sein, erwirbst du dir, indem du innovativ bist, täuschst du dich. Du musst nur bei den innovativen Ergüssen des Chefs enthusiastisch nicken. Jetzt komme ich vom dritten in den fünften. Vom Grossraumbüro in ein Einzelbüro.»
«Freue dich, Frau Fink. Ich dachte immer, du willst das. Karriere und so.»
«Ich weiss nicht mehr, was ich will.»

Ich wartete im Backstage auf den Auftritt. Auf der Damentoilette. Sie sei eh die einzige Frau auf diesem Stockwerk, meinte Frau Fink, die Toilette gehöre mir.
Und irgendwann stand ich auf ihren Bürostuhl, zwischen ihrem psychedelisch flimmernden Bildschirmschoner und dem ifolor-Familienkalender ihres Halbbruders. Die eine Hälfte des Publikums wünschte sich Kapitalistenhits – Hey! Spiel *Moneymoneymoney!* – und die andere Hälfte wünschte sich weniger Umgebungslärm. Fünf Songs, das Couvert mit der Gage, Tequila, M&M's, Abgang.
Aber ich wurde aufgehalten.
Von Frau Hägetschwiler. Sie trug einen Rock, der gegen jede betriebsinterne Kleidervorschrift verstiess. «Du spielst gut. Spielst du in einer Band? Ich habe mal in einer Band gespielt, dochdoch. Musik zwischen Schlager und Death Metal. Für Hochzeiten, Taufen, Beerdigungen. Was meinst du, vielleicht könnten wir zusammen in einer Band spielen? Würdest du mir meinen Oberschenkel signieren?»

Nach der Signierstunde kam Frau Fink auf mich zu. «Ich habe ein Problem.»
«Du bist keine Führungskraft.»
«Nein, nicht das. Steve.»

«Stimmt. Wieso ist er eigentlich nicht an deinem Apéro? Hat er Komplikationen bei einer Eileiterschwangerschaft?»
«Ich habe ihn nicht eingeladen. Ich wollte nicht, dass es zwischen euch Stress gibt.»
«Wieso sollte es Stress geben? Er ist dein Herzblatt und ich bin deine kulturelle Untermalung. Also, was ist das Problem?»
«Nun, wir haben bald unser drittes Date. Und da schläft man miteinander.»
«Echt? Das ginge mir ein bisschen zu schnell.»
«Und mich macht es nervös. Ich glaube, ich muss das üben.»
«Was willst du üben?»
«Wenn Steve und ich miteinander ins Bett gehen, möchte ich bereit sein. Nicht dass mir noch irgendwas Peinliches passiert.» Sie seufzte und suchte den Raum ab. «Würde ich unter all den Leuten nur den geeigneten Übungspartner finden!»
«Kannst ja den Schleimer fragen, den Berlusconi dort drüben.»
«Nein, niemand von der Firma. Zu komplizierte Mutterkonzernbindung.»
«Das Bubi vom Catering?»
«Er hat lange Fingernägel.»
«Ich weiss, das klingt jetzt komisch. Was wäre, wenn ich das übernehmen würde?»
«Jetzt willst du auf einmal mit mir ins Bett?»
«Ein reiner Freundschaftsdienst!»
«Ich weiss nicht, ob das eine gute Idee ist. Ich habe so viel Schlechtes über Berner im Bett gehört.»
«Was hast du Schlechtes über Berner im Bett gehört?»
«Erstens schliessen sie immer die Augen. Zweitens leiden sie unter postkoitaler Depression.»
«Gewöhn dich dran. Steve ist auch Berner.»
«Okay. Aber wir können nicht hier üben.»
«Nein, in der Damentoilette schmirgelt sich Frau Hägetschwiler meine Signatur von ihrem Oberschenkel. Wo also?»

«Mach einen Vorschlag, du bist der Vagabund, du bist doch überall gewesen in diesem Land.»

Und das ist jetzt mal eine gesellschaftsrelevante Frage: Wohin geht man in der Schweiz für ein Geschlechtsverkehrspraktikum? Auf den Bergen hat's zu wenig Sauerstoff. Im Mittelland ist alles zubetoniert. Und bis wir in Magglingen sind, kommt ihr ihr Trainingsplan selber schräg vor.

«Wir könnten zu dir», schlug ich vor. Und dahin gingen wir dann.

16

Frau Fink schüttete Cassislikör in sich hinein und erholte sich von den Beförderungsapérostrapazen. Ich betrieb ein wenig Weiterbildung auf www.gofeminin.de: *Stellungen, die man als Liebhaber draufhaben muss.*

«Bist du nervös?»

«Ich bin nicht nervös. Ich kann nur nicht glauben, wie viele Plüschtiere du hast. Überall Knopfaugen. Horror. Was ist das? Ein Schaf?»

«Ein Alpaka. Wir müssen das nicht machen, wenn du nicht willst.»

«Doch. Du brauchst einen Personal Trainer und mir macht es nichts aus. Ich komme mir gerade sehr edel vor. Gemeinnützig. Engagiert. Wie ein Promi bei ‹Jeder Rappen zählt›. Hast du Fantasien? Etwas, das du schon immer gern mal ausprobiert hättest?»

«Kennst du *The English Patient*? Die Szene, wo Juliette Binoche dem ungarischen Grafen in der Badewanne die Haare wäscht?»

«Du möchtest, das wir das zusammen machen? Das ist deine wildeste Sexfantasie?»

«Das ist ziemlich erotisch.»

«Ich habe es nicht so mit Badewannen.»

Ist doch wahr. In einer Badewanne sind dir immer die Beine zu lang und die Kniescheiben frieren ab.

«Aber schau, die Stellung da wäre doch was, Stellung für Alpha-Weibchen. Ich unten, du oben, und du trommelst dir mit den Fäusten auf den Brustkorb.»
Sie leerte das Glas und suchte eine plüschtierfreie Ablagefläche und ich beugte mich vor und dachte: Sie küsst mich und denkt an Steve.
Und sie dachte, ich denke, sie denke an Steve und sagte: «Ich weiss im Fall genau, mit wem ich hier zusammen bin.»
«Das nähme mich noch wunder, Frau Fink. Gibt mir Steve immer noch die Schuld, dass damals das Chalet seiner Eltern abgebrannt ist?»
«Mir gegenüber hat er nichts erwähnt.»
«Na, vielleicht war der Schaden gar nicht so gross, wie er im ersten Moment ausgesehen hat.»
«Steve hat nur mal gemeint, dass nach einer Silvesterparty die freiwillige Feuerwehr im Dorf ihren Bestand um fünf Mann erhöht habe.»
«Beschissener Vulkan. Überhaupt nicht für drinnen gemacht. Ein Tipp, Frau Fink. Halte dich fern von Vulkanen in Chalets.»
Kurz gesagt: Es lief wie am Schnürchen. Gottlob hatte ich heute Morgen noch meine Fingernägel geschnitten, dachte ich. Und irgendwann fragte ich: «Ist Erdbeergeschmack für dich okay?»
«Wart schnell. Ich wollte dich um etwas bitten.»
«Muss ich die Augen öffnen?»
«Nein, nicht das. Ach, es ist eine dumme Idee.»
«Sag.»
«Nein, vergiss es.»
«Sag schon!»
«Ich hätte gern ... Ich möchte ein Kind. Von dir.»
«Was?»
Ich war mir nicht sicher, ob ich sie richtig verstanden hatte. Draussen vor ihrem Haus hatte sich ein Strassenmusiker aufgestellt. Er spielte mit seinem Hackbrett in einer Heidenlautstärke Sirtaki.

«Was? Was willst du, Frau Fink?»
«Ein Kind. Weisst du, was ein Kind ist?»
«Ich komme nicht draus. Was ist mit Steve? Ich habe gemeint, ich sei nur Übungsmaterial?»
«Ich habe gedacht, es wäre schön, wenn der Vater meines Kindes jemand wäre, den ich schätze und bewundere. Jemand, der mich ein bisschen verzaubert. Jemand, der gern mit mir zusammen ist, auch wenn er zu blöd ist, das selbst zu merken.»
«Das ist lächerlich, Frau Fink. Ein Kind. Was ist, wenn das Kind in einer Wohnung wohnen will?»
«Es war eine dumme Idee. Vergessen wir's einfach.»
«Eine absolut miserable Idee! Als ginge das so einfach: ein wenig Sex, ein wenig schwanger! Da, wo ich herkomme, hat das eine mit dem anderen gar nichts zu tun! Da stellen die Leute am Abend ein Kinderbett hin und am nächsten Tag liegt ein Baby drin!»
«Ich habe damit gerechnet, dass du Nein sagst. Aber ich habe nicht erwartet, dass du wütend wirst.»
«Ich bin nicht wütend! Ich drehe nur durch wegen dem Sirtaki-Junkie da vor dem Haus! Das war also dein Plan? Mich abfüllen, mich heimschleppen und am nächsten Morgen bist du schwanger?»
«Ja. In diesem Fall wäre es sogar eine gewollte Schwangerschaft nach einem One-Night-Stand.»
Ich stand auf und ignorierte ihre Bemerkungen.
«Jetzt fühle ich mich elend. Komm, machen wir weiter. Erdbeergeschmack ist total okay für mich … Was suchst du?»
«Meine Hose.»
«Vielleicht hinter dem Teddybären? Dein T-Shirt ist in diese Richtung geflogen. Wieso ziehst du dich an?»
«Ich gehe. Ich habe keine Gene zu verschenken.»
«Du gehst? Was bedeute ich dir eigentlich?»
Der Strassenmusiker unten vor dem Haus machte mich verrückt. Ich riss das Fenster auf. «Sei doch mal still da unten!

Müssen wir hier oben Lärmschutzwände installieren? Frau Fink, du willst wissen, was du mir bedeutest? Es ist völlig egal, was du mir bedeutest. Wir leben in komplett verschiedenen Welten. Du willst eine Familie, ich will die Welt sehen. Du hast Steve, ich habe die Strasse. Du bist Likör, ich bin Tequila. Du bist Östrogen, ich bin Testosteron. Solche Unterschiede kommen nie gut! Wir sollten den ganzen Mist vergessen und uns Lebwohl sagen.»
«Mist! Ich habe dir nie Mist sein wollen! Und ich nehme dir diesen Mist von wegen Alles-reinziehen-Wollen nicht länger ab. Wovor hast du Angst? Wovor rennst du davon? Dass jemand etwas von dir erwarten könnte? Loyalität? Vertrauen? Verbundenheit? Verantwortung?»
Ha, Verantwortung – mein Lieblingswort.
Und dann streckte sie mir meine Hose und mein Handy entgegen. Ich griff danach, aber sie warf beides aus dem Fenster.
«Man muss alles Unnötige aus dem Leben aussortieren, ist doch so, oder?»
«Frau Fink. Ein Handy legt man mehr so hin. Egal wie enttäuscht man ist.»

Auf der Strasse haute ich den Strassenmusiker an.
«Hast du mir eine Zigarette?»
«Willst du nicht lieber ein Paar Hosen? Wieso schaust du so traurig aus der Wäsche? Nein, sag nichts, postkoitale Depression, richtig?»
«Das ist ein cooles Lied, das du da immer spielst. Die ganze Stadt wartet darauf, dass du es noch einmal bringst.»
Wieso ich traurig aus der Wäsche schaute? Weil ich traurig war. Ich war traurig, weil ich davongelaufen war. Traurig, weil sie mich nicht aufgehalten hatte. Ich war traurig, weil ein lebenswichtiges Organ von mir aus dem Fenster geflogen war und in tausend Teilen hier rumlag. Ich war traurig, weil es so etwas wie ein Happy End nicht gab.

17

Traurigkeit… Traurigkeit kann dich dazu bringen, zu erkennen, was dir wirklich wichtig ist.
Unterwegs sein! Dich in alle Richtungen entfalten. Die Fesseln sprengen, die Flügel spreizen wie die Heldin in einem feministischen Roman aus den Siebzigerjahren.

Als ich in Buenos Aires aus dem Flugzeug stieg, war ich schon nicht mehr traurig. Eher todtraurig.
Ich schwamm rüber nach Uruguay. Per Autostopp durch Brasilien und Paraguay. Durch Bolivien und Peru, bis ich ein heilloses Durcheinander mit den Währungen hatte. Bis ich es leid war, jeden Morgen an einem fremden Ort aufzuwachen.
«Perdón, können Sie mir sagen, wo ich bin?»
«Si, Senor, Valparaiso.»
«Keine Details, bitte, welches Land?»
Ich sass am Pazifik und blickte aufs Meer hinaus. Ein Traum, der in Erfüllung ging. Aber es erfüllte mich überhaupt nicht.

Eine chilenische Familie breitete neben mir ihre Badetücher aus. Ein schreiender Säugling, der Vater litt. Ich hatte noch Qualitäts-Ohrenstöpsel aus der Schweiz dabei und verkaufte sie dem Mann. Sein dreijähriger Junge wollte auch etwas – also verkaufte ich ihm den Plastikeimer, den ich hinter dem Felsen gefunden hatte. Den Plastikeimer, die Plastikschaufel, das Plastikprinzessinnenkrönchen und die Flamingo-Luftmatratze. Denn so funktioniert Wirtschaft! Den Markt analysieren. Auf eine Nachfrage mit einem Angebot reagieren!
Ich blieb am Pazifik. In Quintero in Chile, an der Playa el Burrito. Ich fing mit einem Bauchladen an: Getränke, Seifenblasen, Verhütungsmittel, Testosteronpflaster. Ein Jahr später hatte ich einen Laden am Strand. Einen Laden, gebaut aus ein paar Brettern, mit einem Vordach aus Palmblättern und einer Dekoration aus Muscheln, Krebsen und Chilischoten.

Entweder stand ich im Laden oder ich schrieb Songs. Songs über die Sehnsucht, jeden Abend jemandem den Tag zu erzählen, die Sehnsucht, jeden Morgen neben jemandem aufzuwachen. Songs über Kaffeebecherattacken und Waschsalons. Songs über niemand Bestimmtes, nicht autobiografisch.

18

Irgendwann, so circa dreihundertsiebzig Tage, nachdem mir Frau Fink zwei lebenswichtige Organe aus dem Fenster geworfen hatte – mein Handy und mein Herz – hörte ich eine Stimme hinter mir.
«Für mich gern ein Eiskaffee Latte. Mit Zimt. Ohne Plastikdeckel.»
Da stand sie! In einem schlichten, schwarzen Badekleid. Und irgendwas war mit ihren Haaren. Eine neue Frisur! Wir vom Fach nennen sie Solide coupe courte classique.
«Frau Fink, du weisst, dass du dir die Füsse verbrennst, wenn du barfuss über den Sand läufst? Du brauchst Espadrilles.»
«Hast du auch Burger?»
«Ich hab alles, was du willst. Ich habe einen Laden, eine Bar, einen Bootsverleih und eine Stromtankstelle.»
«Das Geschäft läuft!»
«In der Bucht eröffne ich bald einen Nightclub. Habe auch schon einen Namen für den Nightclub: Urban Entertainment Center. In der Stadt habe ich ein Grundstück gesehen, im Moment ist's ein wilder Parkplatz. Aber ich stelle dort das Einzige hin, was Chile noch fehlt: eine Landi.»
Ich presste ihr ein paar Orangen. Schüttete Tequila nach. Orangensaft trinkt man nie pur.
«Wie hast du mich gefunden?»
«Ein Bekannter von einem Bekannten hat auf Instagram ein Foto von dir und deinem Laden gepostet. Ich wollte vor allem die schöne Dekoration in Echt sehen. Die Plüschmuscheln, den Plüschkrebs, die Plüschchilischote! Das Plüschalpaka.»

«Ist kein Plüschalpaka. Ist ein echtes Alpaka. Dort drüben, das ist Steve, nicht? Er hat zugelegt. Hat er beim Boxen den Sandsack verschluckt?»
«Schau genau hin.»
«Okay, da hängt ein Baby vor seinem Bauch. Ich nehme an, das Baby ist eures?»
«Ja. Steve hat mich abgefüllt und heimgeschleppt und ich habe ihm gesagt, dass ich ihn nett finde und super und dass ich mich leider nicht dauerhaft in ihn verliebt habe. Und er hat mir gesagt, dass er mich auch nett finde und super und dass er sich auch nicht dauerhaft in mich verliebt habe. Aber ob ich ein Problem damit habe, wenn er mir trotzdem ein Kind mache? Wieso das ein Problem sein sollte?, hab ich gefragt. Wir seien ja Freunde und ich habe schon immer Mutter werden wollen…»
«Wer ist der Mann neben Steve? Schüttelt er den Schoppen?»
«Das ist Steves Lebensabschnittspartner.»
«Dann ist ja bei dir alles perfekt, Frau Fink! Die perfekte Familie. Der perfekte Vater mit einem sympathischen Geliebten. Mich interessiert nur – wieso bist du hergekommen?»
«Nun, du bist jetzt ein Geschäftsmann. Laden, Bootsverleih, Nightclub. Bald steht dein Name auf Wolkenkratzern. Du brauchst nur noch eins: eine Vermögensverwalterin.»
«Frau Fink, du hast mich mal gefragt, wovor ich davonlaufe. Ich habe Angst, mich festzulegen. Ich habe Angst, du könntest zu anhänglich werden. Nein, ich habe Angst, *ich* könnte zu anhänglich werden. Aber vielleicht ist das falsch. Vielleicht sollte ich zulassen, dass du mir den Boden unter den Füssen wegziehst. Ich möchte dein Fahnenschwinger sein, und du könntest mein Stand-Up-Paddle-Brett sein. Was meinst du?»

Und wir stiegen – nein, nicht in ein Segelschiff – wir stiegen in eine Badewanne. Und Sie dürfen sich vorstellen, wie wir in der Badewanne hinausruderten. Sie dürfen sich vorstellen, wie uns der Humboldtstrom in den Pazifik hinaustrieb, wäh-

rend Max-Havelaar-Rosenblätter auf uns regneten und jemand die romantische Hintergrundmusik aufdrehte. Sie dürfen sich vorstellen, wie sich Frau Fink an mich anlehnte, zu den Millionen Sternen hinaufschaute und sagte: «Vagabund, deine Partnervermittlung funktioniert. Erfolgsquote hundert Prozent. Du findest noch für den schwierigsten Fall den richtigen Partner.»
«Frau Fink, so ein schwieriger Fall bist du gar nicht.»
«Ich rede nicht von mir.»

19

Bei der Hochzeit von Steve und seinem Lebensabschnittspartner war ich die kulturelle Untermalung. Erst die Zeremonie am Strand mit einem exkommunizierten chilenischen Priester, dann das Festliche in meinem Nightclub. Musik zwischen Schlager und Death Metal. Dann eine Diashow. Auf der Leinwand die Worte:
Steve spinnt.
Wir sehen ihn mit nachdenklichem Blick vor dem brennenden Chalet seiner Eltern.
Steve mit Menstruationsschmerzen, angeschlossen an einen Viehhüter.
Steve mit seinem Sohn vor einer Kinder-Grillgemüseplatte.
Und das letzte Bild war eine Fotomontage: Steve bei der Verfolgung eines entfesselten Staubsaugerroboters.
Und ich weiss nicht, es geht mich ja nichts an und ein Vagabund sollte sich da auch nicht zu sehr einmischen, doch wenn Steve und sein Mann, Frau Fink und ihr Sohn (Herr Fink), wenn wir alle so ums Lagerfeuer sitzen, auf dem Dach unserer Landi mitten in Chile, M&M's essen, jeder eine andere Farbe, dann ist das vielleicht nicht besonders gesellschaftsrelevant, aber ein guter Anfang.

DER SUBOPTIMIST

1

Fäbu sagt immer: «Ich bin nicht alt. Ich bin nur schon sehr lange jung.»
Fäbu ist mein Fahrer. Alt-68er. Generation Hippie. Man stellt mich irgendwo hin und er wartet draussen im VW-Bus, hört Pink Floyd und hobelt sich die Hornhaut von den Füssen. Ich kann ihn jederzeit anrufen. «Fäbu, ich muss heute nach Aarau oder Brugg oder Baden, kannst du mich hinfahren?» Und er fährt mich hin und fährt mich zurück, und ich muss nicht mitten in der Nacht im öden Olten auf den letzten Anschlusszug nach Bern warten.
Olten. Dieser Bahnhof zwischen Genf und Zürich. Die Endstation für Schriftsteller mit Wirtepatent.

Neulich liess mich Fäbu im Stich. Da flog er nämlich zum Mond. Die NASA veranstaltete diesen Wettbewerb: «50 Jahre Mondlandung, Hello Again». Sie haben bestimmt davon gelesen. Wieso man sich das wünsche, eine Reise zum Mond? Und man musste einfach einen Grund auf den Wettbewerbstalon schreiben und schon war man bei der Auslosung dabei. Fäbus Wunsch hatte etwas mit der Dark Side of the Moon zu tun. Eine Kongolesin hatte auf ihrer To-do-Liste noch «die ewige Weite des Alls erkunden» abzukreuzen. Und ein Österreicher wollte dort oben nach entfernten Verwandten suchen.
«Ich bin nicht alt», sagte Fäbu, als die NASA ihn tatsächlich ausgelost, aber Zweifel hatte wegen seiner 60 plus. «Meine Lesebrille finde ich blind. Für mich müssen Sie in der Mondrakete keinen Badewannenlift einbauen. Space Cowboys mit dem betagten Clint Eastwood habe ich genauestens studiert,

und was meinen Testosteronspiegel betrifft: Mit 60 plus bin ich da endlich aus dem Gröbsten raus.»
So wurde die bunte, austria-helvetisch-kongolesische Astronautentruppe aus der Erdatmosphäre gepickt. Er sei wahnsinnig aufgeregt gewesen, erzählte Fäbu später. Er habe sich auf die Mondlandung gefreut wie ein Blumenkind auf Woodstock. Beim Start – Ten, Nine, Eight... – habe er die Arme in die Luft gestreckt und gesagt: «Das ist ein Spass. Läck, ist das ein Spass.»
Er habe schon auch Angst gehabt. «Was ist, wenn wir in einen Asteroidenschwarm geraten oder wenn uns ein Komet auf Kollisionskurs begegnet? Oder ich bekomme Platzangst, oder wir verpassen die Ausfahrt *Erdtrabant 400 Meter rechts,* oder wir verglühen beim Wiedereintritt in die Atmosphäre?»
Zur Beruhigung habe er Grüntee getrunken und auf Ebay Katzenkörbe ersteigert. Katzenkörbe, Autofenstervorhänge und Dekoschalen. Und er habe der Versuchung widerstanden, im Cockpit auf einen der vielen blinkenden Knöpfe zu drücken.

Die ewige Weite des Alls... Diese sei der Kongolesin rasch langweilig geworden. Fäbu machte mit ihr Erwachsenenbildung: Stricken, Trommeln und Abtrocknungstücher verdrehen, um Aggressionen abzubauen.
Als es darum ging, vom Raumschiff in die Landekapsel umzusteigen, habe er gemerkt, dass ihm der Grüntee auf die Blase drücke. Er habe den Sicherheitsgurt gelöst, habe sich schwerelos nach hinten gehangelt, habe in der Dunkelheit nach einem Hygienebeutel getastet... Und in diesem Moment habe es ihm einen fürchterlichen elektrischen Schlag gegeben. Ein Kabel sei da lose gewesen. Fäbu machte die schmerzliche Erfahrung, dass die Amis eben immer noch keine seriöse Elektromonteur-Berufslehre kennen. Er habe eine Zeit lang gebraucht da hinten im Raumschiff, bis sein Qi wieder durch alle Meridiane geflossen sei.

Derweil hätten seine Kollegen die Landekapsel abgekapselt, und durch den Funk im Helm habe er mitbekommen, wie die Kongolesin gefragt habe, ob der Swiss Space Cowboy sicher nicht mit hinauswolle. Der Österreicher sei von Mondkrater zu Mondkrater gehüpft: «Na, E. T., du schiechi Sau, zeig di!» Er habe auf dieser Reise viel gelernt, erzählte Fäbu. Vielleicht schreibe er ein Buch darüber: «Dem Mond so nah wie nie zuvor».

Wir verteilten Dekoschalen im VW-Bus, stapelten Katzenkörbe und schraubten Autofenstervorhangstangen ins Blech.
«Sag schon, Fäbu, was hast du auf dieser Reise gelernt?»
«Na, alles Technische und so. Wie man eine Rakete startet.»
«Wie startet man eine Rakete?»
«Man zählt von zehn rückwärts.»

2

Das passiert mir in letzter Zeit dauernd: Man stellt mich irgendwo hin, auf ein Podest, auf eine Harrasse, auf die Laderampe eines Lastwagens, und dann soll ich etwas zu den Anwesenden sagen.

Aber hier ist es toll. Es hat Licht, es hat Leute. Ich stehe nicht auf einer hydraulisch verstellbaren Laderampe. In der Luft liegt ein Duft von Eukalyptus und Dior Sauvage. Jetzt noch ein paar Shabby-Chic-Polstermöbel und ich würde gar nicht merken, dass ich nicht zu Hause bin.

Das Thema des heutigen Abends liegt mir: Optimal reagieren in einem suboptimalen Umfeld.

Ach je, ich habe keine Ahnung.

Was ist deine Lieblingsfarbe? Wer ist dein Lieblingsmensch? Was ist deine Lieblingswasserhärte?

Wenn Sie diese Fragen nicht beantworten können, gehören Sie genau wie ich zur Generation Keine-Ahnung. Gestresst von Fragen wie: Noch ein Kind? Ja, aber mit wem? Doch noch den Doktortitel? Ja, aber wo kaufen? Meine Hitzewallungen, das kann doch noch nicht das Alter sein, oder? Das ist die

Klimaerwärmung! Was ist beziehungsmässig kurzweiliger: Miteinander-Nebeneinander oder Gegeneinander-Auseinander?
Ich habe keine Ahnung. Am liebsten läge ich jetzt an irgendeinem Strand am Mitteler und spielte nur für mich sehr schlecht Gitarre.
Der Mitteler. Wir Berner sagen allem anders. Das Mittelmeer ist der Mitteler. Fabio ist der Fäbu. Susanne ist die Suslä. Queen Elisabeth ist das Lisi.

Wer bin ich? Ein Poet. Immer auf der Suche nach dem treffenden Wort. Um das treffende Wort zu finden, musst du erst den Kopf vom Alltagslärm abschotten. Was mir am besten gelingt, wenn ich die Luft anhalte und in der Badewanne unter den Schaumspiegel tauche. Deshalb haben wir Profipoeten immer einen wasserfesten Stift dabei, um unsere treffenden Worte auch gleich am Badewannenrand notieren zu können, bevor wir sie vergessen: 30 Tage und 30 Nächte lang hat's geregnet. Dann ist die Arche Noah gesunken. Wegen Herrn und Frau Specht.
Nach dem Bad gehe ich manchmal im Uhrzeigersinn um den Block, für die Bewegung, als Ausgleichssport. Und da lauert hinter jeder Ecke die Gefahr, auf einen anderen Poeten zu treffen, der sich im Gegenuhrzeigersinn ebenfalls ein bisschen bewegt. Treffen zwei Poeten aufeinander, führt das zu einer furchtbar anstrengenden Konversation über Sprache, Stil und die Frage, was man schreiben müsste, um sich eine neue Polstermöbelgarnitur leisten zu können. Im schlimmsten Fall trifft man denselben Poeten auf der anderen Seite des Blocks noch einmal.
Hey, wenn du eine noch schäbigere Shabby-Chic-Polstermöbelgarnitur willst, musst du einen Krimi schreiben! Der Schafhirt wird mit einer Heugabel erstochen auf der Weide gefunden. Seine Schafe beschliessen, den Mörder zu finden. Der Dressurreiter wird mit dem Halfter erhängt im Stall gefun-

den. Seine Pferde beschliessen, den Mörder zu finden. Ein ganz normaler Tag im Biolabor in einer ganz normalen Petrischale. Manche Einzeller haben Spass an der Zellteilung, anderen ist sie völlig zuwider. Alles tipptopp, bis Reto Einzeller mit gebrochenem Genick aufgefunden wird. «Gebrochenes Genick?», sagen sich die wirbellosen Tiere, «da stimmt doch etwas nicht.»

Wer bin ich? Ein Poet. Und wer will ich sein? Ein Held möchte ich sein. Eine coole Socke. Einer, der dahin geht, wo's weh tut: in den Strafraum, in den Dschungel, in die Geburtsvorbereitung. Ein Swiss Action Hero. Kann eine Operation am offenen Hirn ausführen und dazu einen Kindergeburtstag organisieren. Kann mit der einen Hand Luftpolsterfoliennoppen platzen lassen und mit der anderen ein Fixleintuch zusammenlegen.

Wer bin ich, wer will ich sein und wie werde ich, wer ich sein will und bleibe, wer ich bin?
Ich bin ja für alles zu haben: für Jahresrückblicke, für Events und Jubiläen, für Zeitreisen in die Steinzeit, für die Einweihung von einer neuen Lastwagenflotte. «*Pfff*... Liebe Lastwagenchauffeure... *pffff*... Liebe Lastwagenchauffeurinnen... *pffff*... *pfff*... Und könnt ihr bitte aufhören, an der Hydraulik herumzuspielen!»

3
Fäbu gehört zu den Guten. Und er ist mehr als nur der Fahrer. Er schaut, dass mein Hemd gebügelt ist. Dass die Krawatte nicht zu viel Schlagseite hat. Passt alles, zieht er sich in seinen VW-Bus zurück, in seinen Ashram. Hier reinsitzen und zuhören würde er nie. Er sucht keine Antworten, er kennt seine Lieblingsfarbe.
«Fäbu, wird dir nie langweilig beim Warten in deinem Ashram? In deinem Taj Mahal mit Batikvorhängen?»

«Junior! Wenn mich der Mond und die Sterne etwas gelehrt haben, dann dies: Das Universum besteht zum grössten Teil aus Leere. Dasselbe gilt für praktisch jeden Job. Der Fahrer wartet auf den Beifahrer. Der General wartet auf seinen Krieg. Die Zahnärztin wartet, bis die Füllung trocken ist, und du wartest, bis jemand stehen bleibt und du ihm erzählen kannst, dass du keine Ahnung hast. Machst du deinen Job eigentlich gern?»
«Ich mache das nur vorübergehend.»
«Was würdest du tun, wenn du es dir aussuchen könntest?»
«Dann wäre ich Basketballer. Bei den Chicago Bulls. Am Samstag den Ball in den Korb werfen, am Sonntag auf einer Benefiz-Gala mit Michelle Obama tanzen. Und sagt sie: ‹Ich hätte Lust, Sie wiederzusehen›, dann sage ich: ‹Okay, Mische, ich schicke dir ein Selfie.›»
«Du musst schon realistisch bleiben.»
«Du fragst mich, was ich tun würde, wenn ich es mir aussuchen könnte, und wenn ich es dir sage, kann ich es mir auf einmal nicht mehr aussuchen. Was willst du hören?»
«Siehst du, das ist der Unterschied zwischen dem Fahrer und dem Beifahrer. Der Beifahrer verliert immer die Nerven.»
«Und du? Du verlierst nie die Nerven?»
«Nein. Ich atme. Ich weiss: Das Universum ist leer und du bist mein Belastungstraining.»
«Ich atme auch.»
«Aber nicht richtig! Du bist blockiert. Überall blockiert. Hier und hier und hier... Es geht um Energie, verstehst du? Alles muss fliessen, dein Qi, du musst im Fluss sein.»
«Fäbu, ich bin ein Landtier, kein Fisch.»

4

Eine Zeit lang las ich für Geld den Leuten die Zukunft aus den Karten. Aber das ging nicht lange gut. Ich habe ihnen so viel Unheil vorhergesagt, bis sie vor mir geflüchtet sind. Einer stopfte mir vor Wut die Tarotkarten in den Mund.

Was ich sagen will: Es gibt Menschen, die sich unbeliebt machen, obwohl sie das gar nicht wollen. Und dann gibt es Menschen, die sich nie unbeliebt machen, auch wenn sie's immer wieder mal drauf anlegen.

So einer ist Fäbu. In seiner Jugend war er gegen Atomkraft, gegen Umweltverschmutzung, verweigerte den Militärdienst. Er kettete sich mit anderen Aktivisten ans Tierversuchslabor. Die Polizei kam, mit Zangen und Schweissbrennern. Die anderen Aktivisten liessen sich im passiven Widerstand wegtragen. Fäbu stand auf, klopfte sich den Hosenboden ab und sagte: «Lasst nur, ich kann selber laufen. Wo ist das Gefängnis?» Die Polizisten hatten so Freude an seinen Manieren, dass sie ihm Tabak und Zigarettenpapier für den Joint spendierten.

Später trampte Fäbu durch Indien. Besuchte ein Lachseminar bei einem Guru. Fünf Wochen Durchlachen. Mindestens drei Mal musste Fäbu zum Orthopäden wegen eines Krampfs im Kiefer.

Irgendwann kam er zurück und seither lebt er mehr oder weniger in seinem VW-Bus.

Scheucht ihn am Waldrand eine Bäuerin beim Wild-Campieren auf, serviert er ihr Grüntee, macht mit ihr Atemübungen und Erwachsenenbildung, bis sie bereit ist, Hab und Gut und Hof mit ihm zu teilen. Er sei jedenfalls noch nie vom Waldrand verjagt worden.

«Fäbu, du bist der friedlichste Mensch, den ich kenne. Du bekommst mal den Friedensnobelpreis.»

«Das wäre ein Spass.»

«Ausser man weckt dich. Dann bist du nicht nett.»

«Wer mich weckt, leistet keinen Beitrag zum Weltfrieden.»

5

Wir stehen vor einer Ampel. Auf der Landstrasse, vor einer Baustelle. Nur eine Spur offen.

Uns kommt schon ewig kein Fahrzeug mehr entgegen. Fäbu steigt aus, geht zur Ampel, schaut sie an, und dann haut er auf den Ampelpfosten – mit einem Schlag, mit dem man einen Energiestau in einem Körpermeridian löst – und die Ampel springt tatsächlich auf Grün.

Fäbu dreht sich eine Zigarette. Hinter uns geht schon das Gehupe los, aber Fäbu kommt völlig entspannt zurück zum Auto. Immerhin verhindert sein Handkantenschlag auf der Landstrasse gerade einen Verkehrsinfarkt. Er nimmt ein paar Züge, drückt die Zigarette im Seitenspiegel aus, steigt ins Auto, lässt den Motor an, da springt die Ampel wieder auf Rot.
«Heimatland! Das gibt's doch nicht!»
«Doch, Fäbu, das gibt's. Weil du eine langsame Pfeife bist.»
Es bleibt Rot. Niemand kommt uns entgegen. Vor uns eine leere Spur, hinter uns eine miese Stimmung. Einer kurbelt das Fenster runter und ruft: «He, du Greis! Hau sie nochmals!»
Und Fäbu? Was tut er? Verliert er die Nerven?
Nein. Er nimmt das Strickzeug hervor und beginnt zu stricken.

«Fäbu, du Greis, möchtest du das manchmal? Noch mal jung sein? Noch mal ganz von vorne anfangen?»
«Oh nein, jung sein. Wozu? All die Entscheidungen treffen, die wir noch nicht haben treffen müssen: Militär oder Zivildienst? Welcher Schamhaarschnitt passt zu mir? Welches Geschlecht passt zu mir? Stell dir vor, Junior, du hast Gefühle, und du hast die nicht bloss, du möchtest sie auch zeigen und artikulieren und lässt dich deswegen zu einer Frau umoperieren. Ist ja keine Sache mehr, bezahlt die Grundversicherung. Und jetzt bist du zwar auf einen Schlag emotional und sozial intelligent. Bist schön und begehrt, bist reich an vielen neuen spannenden inneren Organen. Aber mit fünfzig – daran hast du nicht gedacht – mit fünfzig kommt all das auf dich zu: Hitzewallungen, Stimmungsschwankungen – ‹Das ist nicht einfach ein schlechter Tag. Das ist ein schlechtes Leben!› – Schlafstörungen, und das Bindegewebe an der Unterseite der Oberarme fängt an zu schwächeln.

Das treibt dich in die Selbstverwirklichung. Selbstverwirklichung ist für Leute mit schwabbligem Bindegewebe eine ansteckende Krankheit. Also eröffnest du in der Altstadt eine kleine Boutique mit Dingen, die du selber gern kaufst: Täschli und Tüechli und Lämpli und Möbeli und Retro und Vintage und Shabby Chic und Schokolade aus Belgien und Oliven aus Kroatien. Dann stehst du in deinem Laden, bei schönstem Wetter, draussen nippt dein frühpensionierter Mann an einem Ananas-Molke-Shake und schäkert mit der Aushilfskellnerin. Eine Studentin mit noch überall Babyspeck, einfach nur peinlich. Du möchtest die Ladentür aufreissen und rausschreien: ‹Du armseliger Sack, du bist dick und alt und hast Hämorriden! Wer meinst du, wer du bist? Cristiano Ronaldo?› Die Studentin würde applaudieren und dein Mann wäre nur froh, dass du seine Blasenschwäche und Erektionsstörungen nicht erwähnst.

Aber nein, stattdessen isst du Oliven aus Kroatien und fragst dich: Wer bin ich, wer will ich sein, wie werde ich, wer ich sein will, und bleibe, wer ich bin, und was soll ich mit all den Täschli und Tüechli und Lämpli und Möbeli? Was macht der Wind, wenn er nicht weht?»

«Fäbu, du willst mir sagen, ich soll froh sein, dass ich keine fünfzigjährige Frau bin?»

«Ich will sagen, ich bin froh, dass ich nicht mehr jung bin. Das war doch deine Frage, oder? Ich bin jetzt alt, ja. Ich habe Haare in den Ohren. Ich muss Jugend durch Charme ersetzen. Aber ich habe gelernt, die Widersprüche der Welt zu ertragen: Ich kann jetzt ohne schlechtes Gewissen ein göttliches Wesen wie eine Wespe einfach mit der ‹Schweizer Illustrierten› erschlagen. Ich muss nicht vorsichtig ein Glas über sie und eine Postkarte unter sie schieben und sie im Freien auf einem Kürbisblatt aussetzen. Ich bin jetzt alt und weise. Ich habe meine Mitte gefunden.

Wurde auch Zeit, dass ich meine Mitte finde, denn nun kommen all die Katastrophen auf mich zu: Geliebte Menschen

sterben oder wenden sich von mir ab. Beifahrer missraten. Oder ich vergesse, die Kerze in der Alphütte auf einen feuerfesten Untersatz zu stellen. Oder ich sage: Gib her, lass mich mal machen, und dann werde ich unter einem halb zusammengebauten Ikea-Wandschrank begraben.
All die Tiefschläge, Hirnschläge, Schläge in die Magengrube, Lohnabschläge, Meteoriteneinschläge, Ratschläge und den ganzen Sommer lang nur Regen ... Ich sag dir, Junior: Katastrophen werden nicht auf alle Altersstufen gerecht verteilt. Aber wer sich von solchen Katastrophen fertigmachen lässt, stirbt schneller als eine Postfiliale auf dem Land. Es geht doch darum: Man darf seinen Stolz nicht verlieren. Wenn ich umfalle, dann darf keine Pflegefachfrau auch nur eine Sekunde lang denken, das sei passiert, weil mein Bindegewebe angefangen hat zu schwächeln. ‹Ich bin hingefallen, weil ich besoffen bin, Schätzchen, sternhagelvoll.›
Ich habe meine Mitte gefunden. Ich bin jetzt alt und weise. Ich mache nicht mehr aus jedem Problem ein Problem.»

Wir stehen immer noch dort. Vor dieser Ampel. Auf der Landstrasse. Wir stehen immer noch dort – das würde ich gern behaupten. Weil es ein poetisches und existenzielles Bild wäre. Dreissig Tage und dreissig Nächte lang war Rot – dann sind sie im VW-Bus verhungert.
Doch irgendwann legte Fäbu seine Stricknadeln zur Seite und fuhr den Karren in einem recht wüsten Manöver ins Feld. Wir liessen die Kolonne hinter uns stehen, überholten die Baustelle rechts, und man darf sagen: Es war ein ziemliches Gerüttel über den Acker. Ein Bauer mit einer Kuh an der Leine bewarf uns mit Kartoffeln.

6

Es gibt sie nicht, die perfekte Welt, eine Welt, die allen alle Wünsche erfüllt. Gibt es nicht, hat es nie gegeben. Auch nicht, sagen wir, in der Steinzeit.

«Wie viel kostet der Stein da?»
«Neun Steine.»
«Wow. So viel?»
«Ist ein Mehrzweckstein. Können Sie als Schusswaffe brauchen, als Feuerlöscher, als Türstopper, als Fidget Spinner. Können Sie in den Spülkasten legen, um das Wasservolumen zu verringern. Wasser sparen.»
«Letzte Woche habe ich für einen ähnlichen Stein die Hälfte bezahlt.»
«Letzte Woche war Ausverkauf. Dieser hier ist Frühlingskollektion.»
«Ich biete sechs Steine.»
«Ich habe keinen Verhandlungsspielraum. Schauen Sie, dort in der Wühlkiste hat's noch halbe Steine zum Preis von einem.»
«Was stimmt mit denen nicht?»
«Das Haltbarkeitsdatum ist abgelaufen.»

7

Nein, es gibt sie nicht, die Welt, die allen alle Wünsche erfüllt.
Neulich war ich an einer Beerdigung. Da schliefen mir beide Arschbacken ein.
Eine schläft mir oft ein, wenn mir langweilig ist. Aber beide aufs Mal ist eine Sensation.
Die Abdankung in der Kirche wollte einfach nicht aufhören, und als dann noch die Tochter des Verstorbenen am Altar erschien und über ihren Vater, meinen Coucousin, redete – «uns verbinden viele schöne Momente…» – da wurde mir klar, dass ich für nichts gekommen war.
Für mich ist der Sarg leer! Ich erbe hier nichts!
Ich weiss, man sollte wissen, ob man beim Coucousin zu den Erben gehört oder nicht. Man sollte sich an Familienfeste erinnern, an Familienzusammenkünfte. Aber ich erinnere mich an nichts zwischen 1986 und 2018. Die Jahre, in denen die Berner Young Boys versagt haben, habe ich aus meinem Gedächtnis gestrichen.

Das ist so deprimierend. Du sitzt da und spürst deinen Hintern nicht und fragst dich, wie lange du noch deine Zehennägel schwarz anmalen musst, damit niemand sieht, dass du arme Poetensau in durchlöcherten Socken rumläufst.
Am Morgen hast du dich noch gefreut: «Juhui, heute wird deine Verwandtschaft begraben!»
Am Nachmittag kommst du deinen Lebenszielen keinen Schritt näher.
Meine Lebensziele sind die von allen: Reich werden und etwas für die Bergbauern spenden.
Ich weiss, was Sie jetzt denken. «Geld, Geld – ist das alles, was Sie wollen?»
Was sollte man denn sonst wollen? Fusspilz?
Am Altar erzählte die Tochter des Verstorbenen, dass ihr Vater, mein Coucousin, «Ich liebe dich» auf dreiunddreissig Sprachen sagen konnte. Auf Spanisch und Portugiesisch und Suaheli und Walliserdeutsch, und ich hätte gern nach vorne gerufen: «Ich-liebe-dich-Sagen macht es doch nur kaputt! Zu viel reden macht immer alles kaputt!»
Am liebsten wäre ich aufgestanden und gegangen. Doch mit meinem Backup auf Standby wäre ich nicht weit gekommen. Mit dem Blut, das bei mir hinten noch im Umlauf ist, kann sich kein Supermodel auf seinen dürren Beinen halten.
Irgendwann trauerten die Trauernden hinter dem Sarg raus und ich blieb allein zurück. «Ist das so», dachte ich, «für so ein Leben habe ich mit Rauchen aufgehört?»
Der Pfarrer kam zu mir. Ob ich ihm kurz mit den Trauerkränzen helfen könne.
«Sind sie schwer? Ich bin gegen alles Schwere, sorry. Aber ich könnte Ihnen zuschauen und Ihnen die Daumen drücken, wäre das eine Hilfe?»
«Vergessen Sie's.»
«Ich bin für Leichtigkeit, verstehen Sie? In der *Annabelle* hab ich mal gelesen, das Leben sei ein Meer, und nur der Champagnerkorken übersteht die Stürme.»

Ist doch wahr. Immer wieder tauchen Leute auf und bitten dich, ihnen zu helfen. Und sagst du nicht Nein, stehen sie morgen wieder vor der Tür. Vielleicht empfehlen sie dich sogar weiter! Und plötzlich wollen wildfremde Leute, dass du ihnen hilfst, Kissen aufzuschütteln oder mit der Zickzackschere Kaugummi aus den Haaren ihrer Kinder zu schneiden. Ich bin ein schlechter Mensch, ich weiss. Als ich das erste Mal *Der weisse Hai* schaute, drückte ich dem Hai die Daumen. Ich ging mal in die Buchhandlung und riss aus allen Krimis die letzten Seiten heraus.

Kaum war der Pfarrer fertig mit seinem Trauerkranzgschleipf, stürmte schon die nächste Festgesellschaft das Kirchenschiff. Eine Hochzeit. Manno, eine Hochzeit! Eine Beerdigung geht ja noch. Gegen Beerdigungen kann man nicht grundsätzlich sein. Ausser man hat einen Knall und wünscht sich die Unsterblichkeit all seiner Mitmenschen. Aber eine Hochzeit, wirklich.
Die Braut roch wie ein Pferdestall und sah aus wie jemand, der sich darauf freut, Mutter und Grossmutter zu werden. Der Bräutigam, also das Einzige, was ihn von toter Materie unterschied, war die Angst in seinen Augen. Und dumm sah er aus, der Bräutigam. Sah aus wie jemand, der sich auf der Holzbank immer ganz am Rand hinsetzt und runterfällt, wenn die in der Mitte aufstehen.
Ich nahm den Nagelknipser hervor und bearbeitete meine schwarzen Zehennägel. Clip, clip, clip ... Das Geräusch trieb die Hochzeitsgesellschaft in den Wahnsinn. Ein Trauzeuge packte mich am Kragen und wollte mich wahrscheinlich im Taufbecken ersäufen. Aber wie ich in seinen Armen zusammenklappte, da dachte er vermutlich, ich sei behindert oder etwas Heiliges Gelähmtes aus Jerusalem. Jedenfalls entschuldigte er hat sich tausendmal, während bei mir das Blut ins Riesenbrötchen zurückkehrte. Es kräuselte wie in einem Bienenschwarm und ich stolperte hinaus an die Sonne.

Und ich darf sagen: Die Sonne verwandelte mich. Öffnete mir das Herz. Ich dachte: Fertig, von jetzt an bin ich kein schlechter Mensch mehr! Ich werde gut! Ich finde jetzt den Dalai Lama in mir! Von jetzt an werde ich Delfine retten! Aleppo wiederaufbauen! Das Wasser abstellen beim Zähneputzen! Hühner aus der Leistungsgesellschaft befreien! Drei Freundinnen gleichzeitig glücklich machen! Ihr Glück ist mein Glück.

Ich spürte so viel Schaffensfreude – ich zog mir die Unterhosen hoch bis unter die Achselhöhlen und genoss das entspannte Gefühl, als ich sie wieder runterliess.

Was will ich sagen? Manchmal geht die Rechnung nicht auf und du setzt auf den falschen Coucousin. Aber wenn du zurückschaust, demütig und bescheiden und mit offenem Herzen, dann ist da die Sonne gewesen und die Schaffensfreude und der gute Wille, dann ist da ein Pfarrer gewesen und du hast ihm helfen können, das Schwere vom Leichten zu unterscheiden.

Und vielleicht geht's genau darum: um einen Tag voller goldener Momente.

8

«Goldene Momente? Junior, du hast keine Ahnung! Flow, das ist das Geheimnis! Es muss fliessen, die Energie, sie muss im Flow sein!»

«Fäbu, du hast recht. Ich habe keine Ahnung, ich komme aus dem Emmental. Meine Verwandten krüppeln tagein, tagaus von früh bis spät für ein bisschen Milch und Käse und Subventionen. Sie haben Gelenkschmerzen und Leistenbrüche und Bandscheiben und gehen im rechten Winkel. Wenn's lange nicht regnet oder wenn eine neue Grippe auf ihren Hof kommt, sterben sie zu Tausenden. Es ist alles so sinnlos und für nichts und nichts wird besser und ich weiss nicht, wer ich bin und wer ich sein will, ich kann meine eigenen Coucousins nicht voneinander unterscheiden. Muss ich die Hoffnung auf eine bessere Welt aufgeben?»

«Was wäre das – eine bessere Welt?»
«Weiss auch nicht. Mehr Freude. Mehr Liebe. Mehr Klassenwechsel in die erste Klasse.»
«Schau. Unsere Wünsche werden uns nicht ins Herz gelegt, damit sie in Erfüllung gehen. Sie werden uns ins Herz gelegt, um uns zu enttäuschen. Um uns Gelassenheit zu lehren.»
«Das ist heilloses Generation-Hippie-Geschwurbel.»
«Wünsche sind ein heikles Business. Ein Beispiel: Ganze Bevölkerungsschichten wünschen sich die Metamorphose von Kurven zu Knochen. Jemand, der rund ist, will schmal sein. Jemand, der schmal ist, will ein Strich in der Landschaft sein. Und dann schaut der Strich in der Landschaft in den Spiegel und fragt sich: ‹Wo bin ich?› Anderes Beispiel. Es gibt einen Klub für Leute mit einem IQ 130 aufwärts. Eine Kollegin von mir hat sich gewünscht, dazuzugehören. Also hat sie einen Test gemacht und ist aufgenommen worden, mit einem IQ von genau 130. Was denkst du, ist sie glücklich? Im Klub der Gescheitesten ist sie die Dümmste!»
«Ich kann nicht glauben, dass du dir gar nichts wünschst, Fäbu.»
«Manchmal wünsche ich mir mehr Parkplätze. Dann bestell ich mir einen Parkplatz beim Universum.»
«Wie soll das gehen?»
«Kommen wir in ein Dorf, in dem sogar das Feuerwehrdepot mit Autos versperrt ist, atme ich tief ein und bestelle mir einen Parkplatz. Schwingungen von Geist und Materie führen dazu, dass in der Nähe jemand losfährt und eine Parklücke hinterlässt. Voilà.»
«Ist das wissenschaftlich belegt?»
«Das belegen Forschungen der Physiker.»
«Was für Physiker?»
«Physiker von Geist und Materie.»
«Wieso wünschst du dir Parkplätze? Wieso nicht Gold und Silber oder Zehennägel, die du einfahren und ausfahren kannst wie ein Tiger seine Krallen? Wieso wünschst du dir

nicht einen eigenen Kontinent oder ein T-Shirt mit der Aufschrift: *AHV-positiv?*»

«Entspann dich, Junior. Im Flow sein – das ist wie: Nichts tun und alles erreichen.»

«Jedenfalls besser als alles tun und nichts erreichen.»

9
Wie findet man seine Mitte?

Das Chamäleon zum Beispiel mittet sich ein mit Yoga. Es streckt den Kopf Richtung Heizlampe – das ist der Sonnengruss. Es streckt das vordere Bein nach vorne und das hintere Bein nach hinten – diese Übung heisst der Blitz. Yoga hilft dem Chamäleon, runterzufahren und in der Hektik des Alltags – sich sonnen, fressen, sich sonnen, fressen – zur Ruhe zu finden.

Wie findet man seine Mitte? Fäbu und ich machen das so: Wir fahren auf den Campingplatz, stellen Klappstühle und Kühlbox auf, lassen Mücken ihr Werk vollbringen – und schon sind wir zwei gemittet wie Buddha.

Aber damals, als die Polizei auftauchte – auf dem Camping des Erlebnisbauernhofs mit Streichelzoo, Planschbecken, hausgemachten Konfitüren – als die Polizei auftauchte, von Stellplatz zu Stellplatz ging, unter jeden Camper und in jedes Zelt schaute, da verlor Fäbu seine Mitte.

«Was wollen die hier?»

«Fäbu, wieso auf einmal nervös? Hast du irgendetwas angekettet, das du nicht hättest anketten dürfen?»

«Mir ist nur grad eingefallen, dass ich irgendwo im Wagen noch LSD habe.»

«Du hast Drogen im VW?»

«Eh, in einer kleinen Blechdose, Grether's Pastillen, auf Löschpapier...»

«Du hast Drogen in dem Bus, mit dem du einen allseits gelobten Dichter, den zweitbesten Poeten der ahnungslosen Generationen, an Schulabschlussfeiern und Jubiläumsaus-

gaben fährst, wo er mit alpenluftgesunden Worten seinen stärkenden Einfluss…»
«Der zweitbeste Poet? Wer ist der beste?»
«Kafka.»
«Ich hab gemeint, du meinst, du seist der beste.»
«Ich seh nur am besten aus.»
Sie kamen auf uns zu.
«Guten Abend. Huber, Kantonspolizei Luzern. Ist das Ihr Fahrzeug?»
Fäbu gab auf der Stelle auf. «Es ist in einer Blechdose.»
«Wir müssen Sie darauf hinweisen – es ist eine Schlange flüchtig. Eine Python.»
«Eine Python? Und Sie meinen… Wie kommt eine Python auf einen Erlebnisbauernhof?»
«Nun, ein Schlangenzüchter aus Meierskappel… Eh… Sie lesen es morgen in der Zeitung. Sie ist nicht giftig, aber ein rechtes Vieh, etwa zwei Meter lang. Wir raten dazu, alle Türen und Zelte geschlossen zu halten.»
Wir hätten nirgendwo anders sein wollen, Fäbu und ich. Wir machten es uns in unseren Klappstühlen bequem, stellten Grüntee und Gin in die Getränkehalterung und schauten einfach ein bisschen: Eltern rissen ihre Kinder von den Ponys und aus dem Planschbecken und verliessen das Camping schneller als Bewohner Floridas die Küste bei einer Hurricane-Warnung. Andere prüften unter ihren Autos das Reptilienvorkommen und verschwanden mit Grillgabeln bewaffnet in ihren Wohnmobilen. Vor dem Waschhaus bastelte die Bäuerin aus einem Stecken und einer Schlinge eine Schlangenfalle. Grosses Kino. Besser als jeder Horrortrip. Ich hätte sagen können: «Schau, Fäbu, hinter uns, ein Ufo! Entfernte Verwandte wollen uns hallo sagen!» Aber Fäbu hätte nur seinen Premium-Grüntee-Thermobecher auf die fliegende Untertasse gestellt und weiter das Schauspiel aus Terror und Panik genossen.
Sobald es dunkel war, schlich Fäbu zu den Indianertipis der Pfadfinder und streichelte mit einem Tannenzweig die Zelt-

wände. Drinnen gingen Taschenlampen an und die Pfadfinder, die sich sonst nicht mal von einem leeren Handy-Akku aus der Ruhe bringen liessen, packten mitten in der Nacht ihre Sachen und errichteten eine Notunterkunft zwischen den selbst gemachten Konfitüren im Hofladen.
Eine Hammerstimmung. Sternennacht, unselige Stille, und dann schlängelt da tatsächlich etwas aus dem Gebüsch, schlängelt auf den verwaisten Stellplatz direkt vor uns.
«Zwei Meter finde ich jetzt eher defensiv geschätzt.»
«Eine Python, he?»
«Kennst du diesen Survival-Typen?»
«Bruno Manser?»
«Der andere. Deutscher. Nehberg oder so. Hat mal eine vollgefressene Schlange ausgepresst wie eine Tube Mayonnaise und dann das, was sie eben gegessen hatte, gegessen.»
«Echt?»
«Dok-Film. Ich bin fast in Ohnmacht gefallen, als er gegessen hat, was sie gefressen hat – einen Frosch, roh. Dann schaut er in die Kamera und erzählt, einmal habe er sich von einer Riesenschlange würgen lassen. Sei dabei fast verreckt.»
«Ich würde mich auch gern mal würgen lassen.»
«Spinnst du? Ich lasse mich würgen. Und du wickelst mich ab.»
Wir quälten uns aus unseren Klappstühlen. Voller Schaffensfreude. Die Schlange war in Hochform. Kaum wir so in Schrittnähe, ringelte sie sich auf und zischte. Wir einen Schritt zurück.
«Macho.»
«Wieso ist dieser Survival-Typ denn fast verreckt?»
«Der Nehberg? Hat das Tier unterschätzt. Sie wickelt sich um seinen Brustkorb, er denkt noch so: ‹Wow, ich habe gedacht, die drückt jetzt so mordsmässig stark zu›, aber bald merkt er, dass er nicht mehr einatmen kann. Dass die Schlange da um seinen Brustkorb keinen Millimeter nachgibt. Er atmet aus und sie zieht sofort nach, er kann einfach nicht mehr einatmen, und dann, als er schon rot anläuft, befreit ihn endlich der Fotograf.»

«Unterschätzt, he. Man muss schon recht dumm sein, um so ein Vieh zu unterschätzen.»

«Also, Junior: Wenn ich rot anlaufe oder ein Zeichen mache oder ‹Jetzt› sage, wickelst du mich ab.»

Fäbu macht einen Schritt auf die Python zu. Die schnellt sofort wie ein Pfeil in die Höhe und verbeisst sich in seinem Jeansjackenkragen. Im gleichen Moment schlingt sie sich um ihn. Wie eine Peitsche um einen Pfahl. Fäbu verliert das Gleichgewicht und fällt zu Boden.

Ich zünde mit der Taschenlampe in sein Gesicht.

«Fäbu, geht's?»

Es sieht recht friedlich aus, wie sie da liegen. Wie eine freundschaftliche Umarmung.

Vielleicht ist «friedlich» das falsche Wort.

«Du siehst nachdenklich aus, Fäbu. Denkst du nach über all deine Entscheidungen, die dich bis hierher geführt haben? Geht's mit Atmen?»

Fäbu sieht aus wie ein Kind, das am Geburtstagsfest weniger Geburtstagstorte bekommt und die Luft anhält, um die Eltern zu erpressen.

«Das sieht irgendwie eng aus bei dir, Fäbu. Versuch doch, dir mit den Armen ein wenig Platz zu schaffen.»

Fäbu schüttelt den Kopf. Minimalst. Vielleicht bilde ich es mir auch nur ein, dass er den Kopf geschüttelt hat.

Ist das schon mein Zeichen? Schwierig einzuschätzen. Befreie ich ihn zu früh, wird er behaupten, ich hätte alles kaputt gemacht, er wäre mit der Schlange schon allein fertig geworden. Und «Jetzt» hat er auch noch nicht gesagt. Anderseits ist ja genau reden das Schwierigste ohne Luft. Kenne ich selber gut, von unter dem Schaumspiegel in der Badewanne.

«Fäbu, was meinst du? Mach mal eine Einschätzung der Lage. Ist's genug, hast du's gesehen? Deine Augen sind ganz aufgequollen!»

Weil von Fäbu nichts Konstruktives kommt, muss ich für ihn entscheiden. Was soll's, keine Selbstbefreiung. Ich suche das

andere Ende der Schlange, packe es und wickle ab. Das geht überraschenderweise ganz einfach. Bei der dritten Schlinge gibt die Python auf. Sie löst den Knüppel und verschwindet im Gebüsch. Fäbu zieht Luft ein wie ein Schiffbrüchiger.
«Und? Wie war's? Noch geil?»
Aber Fäbu macht sich wichtig. Er schweigt bedeutungsschwanger, als habe er etwas überstanden, das nur ganz wenigen Auserwählten zu überstehen vergönnt ist. Eine Mount-Everest-Besteigung ohne Sauerstoff. Bei einem Weltraumspaziergang kurz den Helm abnehmen.
Er kommt mühsam auf die Beine, er hat länger, um wieder auf die Beine zu kommen als Neymar nach einem Kontakt mit Behrami.
Er sagt nur: «Du verdammter Affe!» Und verschwindet im VW-Bus.
Ich leuchte ins Gebüsch. Habe einen mystischen goldenen Moment: Die Schlange ist da, oder sie ist nicht da.
Fäbu kommt mit einer Blechdose heraus.
«Fäbu, du bist zum Mond geflogen und hast darauf verzichtet, auf ihm rumzutrampeln. Du hast dich von einer Python würgen lassen und hast auf Lungenatmung verzichtet. Deine Lebenserfahrung hat eine historische Dimension erreicht. Was für Erkenntnisse gewinnst du daraus?»
«Nun... Verzichten ist das neue Reichsein.»
Wir setzen uns auf die Klappstühle, unter den Sternbildern Schlange und Herkules, legen Löschpapier auf die Zunge und mitten uns in unserer Mitte ein.
«Fäbu, was ist deine Lieblingsfarbe?»
«Regenbogen. All die unharmonischen Farben, die trotzdem so friedlich miteinander-nebeneinander existieren.»

10

Meine Verwandtschaft hat sich immer einen Arzt gewünscht in der Familie. Für ihre Gelenkschmerzen und Bandscheiben, für die Begradigung der rechten Winkel.

Aber nein, danke. Arzt, das ist nichts für mich. Jedes Mal, wenn jemand zur Tür reinkommt, die Hände waschen. Immer ganz genau erklären, was man als Nächstes ganz genau tun wird. Ich möchte das nicht. Da wäre ich lieber Produkttester in einer Tiermehlfabrik.
Das Gesundheitswesen. Ich diente mal als Sanitätssoldat im Spital. Dort hatten wir Zugang zu Lachgas. Wir konnten leider nicht die ganzen Stahlflaschen mitnehmen. Also bliesen wir alles auf, was aufblasbar war: Ballone, Schwimmringe, Luftmatratzen, Plastikdelfine. Am Abend versammelten wir uns in der Unterkunft in der Zivilschutzanlage, zogen den Stöpsel aus dem Plastikflamingo und inhalierten, bis wir schwebten.
Näher bin ich dem Gesundheitswesen bisher nicht gekommen. Das heisst, bis Fäbu diese Frau mitnahm.

11

Tausend Mal habe ich Fäbu schon die klare Ich-Botschaft gesendet: «Ich hasse Mitfahrer! Du kannst nicht jeden aufladen, der am Strassenrand steht! Sonst ist's hier drin bald so eng wie in einem Chirat-Gurkenglas. Da könnte ich ja geradeso gut den öffentlichen Verkehr benutzen!»
Wir sind kaum losgefahren, da hält Fäbu schon an. Tankstelle. Er an der Zapfsäule, Tropfen für Tropfen. Fäbu versucht immer, beim Tanken einen runden Frankenbetrag hinzubekommen. Tropfen für Tropfen. Wie bei einer Prostata-Hyperplasie. Ich auf dem Rücksitz, steigt eine Frau ein: mit Sporttasche und Tennisracket und Schweissband. So Typ dynamisch, proaktiv, Sunnygirl.
«Du hast dich im Fahrzeug geirrt.»
«Fabio hat gemeint, ich könne mitfahren.»
«Wohin?»
«Ins Neufeld. Ich kann auch den Bus nehmen.»
«Dann nimm den Bus!»
«Fabio hat gesagt, dass du das sagen wirst.»

«Ihr kennt euch, hm?»
«Ich bin seine Hausärztin.»
«Echt? Mit richtiger Praxis und so?»
«Ja.»
«Du bist so jung. Sportlich. Mehr so Typ Physiotherapeutin.»
«Wie muss eine Hausärztin denn deiner Meinung nach aussehen?»
«Alt. Verwirrt. Ein Stethoskop baumelt an ihrem falsch zugeknöpften weissen Kittel.»
«Mein Name ist Gloria, und du bist?»
«Frau Doktor, Namen sind für Grabsteine. Wenn du wirklich mitfahren willst: Da ist ein Loch im Dach, genau über dir, siehst du's? Fäbu hat da reingebohrt, um Autofenstervorhangstangen zu montieren. Im Handschuhfach ist ein Joghurtbecher. Den hältst du unters Loch, wenn's regnet. Unser Fahrer ist ein technisches Genie. Den Blinker hat er durch eine Zahnbürste ersetzt. Den Keilriemen hat er mit einer Nylonstrumpfhose geflickt.»
Bei solchen Bemerkungen steigen die meisten Möchtegernmitfahrer gleich wieder aus. Gloria bleibt sitzen.
«Und noch was: Die Schienen unter dem Vordersitz sind marod. Wenn Fäbu scharf bremsen muss, spickt es dich mitsamt dem Sitz durch die Windschutzscheibe.»
Gloria bleibt sitzen. Fäbu steigt ein, wir fahren los und Gloria stützt sich die ganze Fahrt über mit der einen Hand am Armaturenbrett ab und mit der anderen hält sie sich am Haltegriff fest. Wenn's jetzt anfängt zu regnen, sind wir ganz schön im Seich.
«Erzähl mal: Wie ist Fäbu so als Patient?»
«Arztgeheimnis.»
«Und Medizinerin bist du wieso?»
«Nun, ich mache alles etwa gleich gut und gleich gern. Und da hat mir die Studienberatung geraten, ein Studium zu wählen, das ein hohes Einkommen und ein hohes Prestige verspricht.»

«Und nun spielst du Tennis.»
«Ja. Mit meiner Partnerin. Erst war sie einfach meine Tennislehrerin, und jetzt … Nun … Wir ziehen bald zusammen!»
«Oh!», ruft Fäbu. «Ich bin auch mal fast mit einer Frau zusammengezogen. Einerseits wäre es natürlich gut, jemanden zu haben, der das Telefon abnimmt. Jemanden zu haben, der alles Administrative erledigt. Anderseits tausend Erwartungen. Ich habe mir gesagt: Fäbu, du machst das wie dein Vater. Du bleibst Junggeselle.»
Wir stellen Gloria bei den Tennisplätzen ab. Wünschen ihr einen guten Umzug. Und Fäbu seufzt: «Herrgott, ich habe doch diesen unbrauchbaren Ausschlag. Da hätte ich mal meine Ärztin im Auto gehabt und hätte mir den Selbstbehalt sparen können.»

12

Bis zum Umzugstag machte Gloria bestimmt auch noch alles gleich gut und gleich gern.

Ihre Partnerin, Susanne, die Tennislehrerin, hatte ihre Bananenschachteln und Täschli und Lämpli und Möbeli mit farbigen Zetteln beklebt: orange für ins Wohnzimmer, grün für in die Küche, blau für in die Garage und so fort. Die Zügelmänner luden den Transporter aus.

«Sorry, bei der Ratte ist der Zettel abgefallen. Keller oder Garage?»

«Das ist keine Ratte. Das ist ein Chinchilla.»

Gloria kochte für die Zügelmänner eine vegetarische Paella und die Zügelmänner würzten die Paella mit Aromat und Cervelats nach. Sie sahen die Zukunft dieses strahlenden Doppelverdienerpaars glasklar vor sich: wie Gloria und Susanne zusammen Paella-Reste in Gefrierbeutel abfüllen, wie sie zusammen die Sandkiste des Chinchilla einstreuen. Wie sie zusammen nach Spanien fahren zur künstlichen Befruchtung. Sie tippten auf zwei Kinder innerhalb der nächsten vier Jahre.

«Auf die Familie! Auf die Liebe! Ein kräftiges Ja zum Miteinander-Nebeneinander!»
Aber nur wenige Wochen später machte sich Susanne Richtung Flughafen davon. Ohne Gepäck, ohne Tennisracket. Gloria stand ratlos vor einem Zettel am Badezimmerspiegel. «Last Minute Nepal. Ich melde mich.»
Sie nahm den Chinchilla auf den Arm. «Keine Angst, Pablo Gimenez. Sie kommt schon zurück.»
Und das sagte Gloria auch noch, nachdem die beiden tagelang auf eine Nachricht von Susanne gewartet hatten. Und als Susanne endlich anrief, sagte diese nur, sie brauche Zeit zum Nachdenken.
«Habe ich etwas falsch gemacht?», fragte Gloria. «Stört dich etwas an mir? Nervt es dich vielleicht, dass ich dir immer die Bettdecke wegziehe? Nervt es dich, dass ich deine schief hängenden Bilder geradegerückt habe? Sogar auf Hausbesuchen bei Patienten rücke ich Bilder gerade. Ziemlich invasiv, ich weiss. Oder vielleicht stört es dich, dass ich meine Mahlzeiten auseinandernehme und jede Zutat separat esse? Oder nervt dich, dass ich möchte, dass wir den Geschirrspüler jeweils zuerst unten ausräumen? Sonst tropfen dir die Kaffeetassen im oberen Fach die Teller im unteren wieder voll.»
Ja, vielleicht sei sie etwas pingelig, meinte Susanne, aber das sei es nicht. «Wir sehen uns viel zu wenig! Am Tag bist du in der Praxis und am Abend machst du Hausbesuche. Du arbeitest zu viel, Gloria. Ich habe schon überlegt, ob ich einen Tennisarm simulieren soll, um etwas Aufmerksamkeit von dir zu bekommen.»
«Um darüber nachzudenken, musst du nach Nepal?»
Vielleicht sei Nachdenken das falsche Wort, sagte Susanne. «Ich orientiere mich neu.»
Gloria legte auf, nahm die Paella-Reste aus dem Gefrierfach und hob den trächtigen Chinchilla in die Sandkiste.
Pablo Gimenez ist ein Weibchen. Sie macht alle Chinchillas in der Nachbarschaft wahnsinnig. Wir tippen auf acht Würfe in-

nerhalb der nächsten vier Jahre. Fäbu ersteigerte für seine Hausärztin schon mal vorsorglich ein Dutzend Katzenkörbe.

13

Fäbu hat einfach ein zu gutes Herz.
Fliegt eine Mücke auf ihn zu, sagt er: «Hey, Müggu, saug dich satt!»
Fährt er eine Katze an, nimmt er sie heim und knetet sie, bis ihr Qi wieder fliesst.
Wenn er auf dem Bänkchen vom Kinderspielplatz raucht, dann würde er den Joint nie auf Gesichtshöhe eines Kindes halten.
Überhaupt hat er ein Herz für Kinder: In einem Spiel lässt er sie immer gewinnen.
Was mir nicht in den Sinn käme. Ich habe mal beim Penaltyschiessen gegen einen Zweitklässler haushoch gewonnen, ich habe so wuchtig geschossen, dass der Zweitklässler hinter dem Pfosten in Deckung gegangen ist.
Auch kümmert sich Fäbu rührend um seine Mutter. Signora Russo. Fährt sie wegen Zucker ins Inselspital und wegen der Zähne nach Ungarn. Sie ist fast blind und weit über achtzig. Gebürtige Sizilianerin, angsteinflössend. Wenn sie im Auto Albano und Romina Power hören will, dann hören wir das.
Fäbu ist ein guter Mensch und ich leide sehr darunter.
Einmal gabelten wir seine Mamma auf und fuhren durch die Schweiz und Österreich.
Fäbu lud mich in Wien an einem Dichterkongress aus und sie fuhren weiter. In Budapest stellten sie Signora Russos Gebiss neu ein. Auf dem Rückweg luden sie mich auf, wir alle zurück Richtung Heimat, aber Fäbu mochte nicht die Nacht durchfahren.
«Hier ist das Hotel», sagte er.
Er stützte seine Mutter und ich trug ihre Koffer zu ihrem Zimmer.
«Was: ihr Zimmer. Ihr habt zusammen ein Zimmer.»

«Fäbu, ich teile kein Zimmer mit deiner Mutter.»
«Sie kann nicht im VW-Bus schlafen.»
«Schon klar. Ich schlafe in einem Zimmer und deine Mutter schläft in einem Zimmer.»
«Gibt nur dieses Zimmer. Das Hotel ist ausgebucht.»
«Dann gehen wir in ein anderes Hotel.»
«Gibt kein anderes Hotel in Österreich.»
«Dann schlafe ich im Bus. Und du kannst mit deiner Mutter...»
«Junior, ich bin Nacktschläfer und habe diesen Ausschlag. Ist vielleicht ansteckend.»
«Ist mir egal, Fäbu! Ich schlafe nicht mit deiner Mamma in einem Zimmer!»
«Ich weiss, Junior, du denkst, du seist ein schlechter Mensch und das macht dich ganz unglücklich.»
«Das macht mich überhaupt nicht unglücklich.»
«Die innere Leere, das existenzielle Vakuum? Aber du musst wissen: Was der Mensch sucht, ist nicht Spass, Vergnügen, das Glück an sich. Was er sucht, ist ein Grund zum Glücklichsein. Eine Antwort auf die Frage: Warum und wofür und wieso überhaupt? Wo eine Antwort ist, ist ein Ziel, und wo ein Ziel ist, ist ein Wille, wo ein Wille ist, ist ein Weg, und auch du, Junior, kannst dich noch zum Licht erheben!»

Wir also im Hotelzimmer, Signora Russo und ich. Das Hotel trug einen englischen Namen und hiess übersetzt ungefähr: Ferien sind sehr beliebt.
Signora Russo stolperte halbblind im Bad herum, und ich, nun, ich mache mir ja nichts aus Fernsehen, aber den Erwachsenenkanal schaue ich manchmal gern. «Zwei Schwänze für ein Halleluja». Ich schaltete auf Stumm.
Signora Russo tastete sich aus dem Bad ins Bett und ich musste mich an der Bettkante festhalten, um nicht auf ihre Seite hinüberzurollen.
«Da flimmert etwas», sagte sie.

«Das ist der Fernseher.»
«Was schauen Sie?»
«Einen Dokumentarfilm.»
«Worum geht's?»
«Eine Frau und zwei Männer. Sie möchte ein Baby.»
«Aha. Sie kann sich nicht entscheiden, mit wem?»
«Sie ist hin und her gerissen.»
«Aber ohne Ton verstehen Sie doch gar nichts!»
«Doch, doch. Mimik und Gestik reichen völlig. Die Kamera ist sehr nahe dran.»
«Mein Sohn ist über sechzig. Langsam mache ich mir Sorgen, ob ich überhaupt noch Grossmutter werde. Geht der Dokumentarfilm noch lange?»
«Soeben ist ihre beste Freundin zur Runde gestossen. Jetzt vertiefen sie zu viert die Babyfrage.»
Die ganze Nacht lag ich wach. Signora Russo schnarchte. Ich steckte ihr zwei Finger in die Nasenlöcher, aber es nützte nichts.
Ich leerte die sauteure Minibar. Am nächsten Morgen musste ich über die Strasse rennen, zum Spar, um Bier und Schnapsfläschchen zu kaufen und die Minibar aufzufüllen, bevor der Zimmerservice durchkam.

14

Wenn mich der Alltag überfordert – weil jemand mit mir spricht und ich nur seine Plomben zähle, weil ich mit meiner alten Computermaus am Rand des Mousepads angekommen bin, weil ich mich hinter etwas Grossem verstecken muss, bis die Auftraggeber verschwunden sind, weil jemand schielt und ich nicht weiss, in welches Auge ich schauen soll – also wenn mich der Alltag überfordert, dann lese ich ein Ratgeberbuch. Ich lese jeden Ratgeber, der mir in die Hände fällt:
Darm mit Charme. Körper – Seele – Geist mit Montage-Anleitung. Das Power-Prinzip. Das Panda-Prinzip. Das Prinzip der Pyramide.

Die Kunst der Kleinschreibung. Nur noch Kleinbuchstaben tippen und Speicherplatz sparen.
Ich bin ein Fan von Buchtiteln wie:
Vier Rezepte gegen Liebesfrust. Zehn Rezepte für Bauchfettreduktion. Die zwölf Speichen am Glücksrad. Dreizehn Regeln für Abergläubische. 99 Tipps für Hundertjährige. 366 Yoga-Übungen für Schaltjahre.

Andere gehen laufen, wenn sie ein Problem haben. Ich gehe lesen. Das ist etwas Grundsätzliches. Andere zieht's in die Natur, mich zieht's in die Kultur. Mir kann es nie Zuvielisation haben.
«Wohin wollen wir in den Urlaub?»
«Sag du. Ich bin unkompliziert.»
«Meer oder Berge?»
«Wirklich. Mir ist alles recht. Solange es eine Bibliothek hat und nicht nur Blumen und Bäume und Bäche und Büsche.»
Ich also am Ratgeberbuchlesen – *Die Kunst der Kommunikation* oder *Die Kunst des Krieges* oder *Die Kriegskunst der Kommunikation* – da kam Fäbu daher. «Wir müssen etwas unternehmen.»
«Wo müssen wir was unternehmen?»
«Ich habe doch diesen famosen Ausschlag, und nun habe ich ihn der Schulmedizin präsentiert. Ich sage dir, der geht's gar nicht gut.»
«Der Schulmedizin?»
«Meiner Ärztin. Gloria. Seit ihre Partnerin sie verlassen hat, ist sie ein seelisches Wrack. Sunnygirl my ass.»
Ich klappte mein Buch zu und dachte – es musste ein schöner Tag gewesen sein, die Sonne schien und ich war voller Schaffensfreude und guten Willens: Versuch es doch noch einmal mit dem Gutsein! Befreie den Dalai Lama in dir! Leiste deinen bescheidenen Beitrag zu einer besseren Welt! Wo ein Ziel ist, ist ein Wille, und wo ein Wille ist, ist ein Weg ... All die Lebenserfahrung, die ich mir angelesen habe – die muss ich weitergeben. Ich werde Glorias Lebensberater!

15

Ich ging in Glorias Praxis. Mit Flipchart und Persönlichkeitstests und Multiple-Choice-Aufgabenblättern, mit dem ganzen Lebensberatungs-Zauberkasten. Im Wartezimmer nahm ich Platz, zwischen einer Hüfte und einer Späterstgebärenden. Und ich muss sagen: So eine Hausarztpraxis ist schon ein Hit! Du musst nirgendwohin, das Geld kommt einfach zu dir hereingehumpelt. Die Patienten haben sich das Knie aufgeschürft oder sich an der scharfen Kante eines Blatt Papiers geschnitten, oder sie fühlen sich wegen eines Splitters in der Hand wie Jesus am Kreuz. Du spuckst einmal drauf und klebst ein Pflaster drauf. Kortison, Kügelchen, Tigerbalsam. Die obligatorische Krankenversicherung melken. Und kommt mal jemand mit etwas Komplizierterem, etwas zum Aufschneiden, Ausschaben, Ausweiden, überweist du ihn an eine Spezialistin.

Man schickte mich ins Sprechzimmer. Ich kam zur Tür rein, Gloria wusch sich die Hände und man sah es schon an der lustlosen Art, wie sie Seife aus dem Seifenspender quetschte: Diese Frau machte vielleicht noch immer alles gleich gut. Aber längst nicht mehr alles gleich gern.

Dabei müssten Ärztinnen und Ärzte die glücklichsten Menschen sein! Hohes Einkommen, Prestige. Sie müssten wie ein Champagnerkorken auf dem Meer des Lebens schwimmen! Aber diese hier quälte sich über den Ozean mit der Leichtigkeit eines Leck geschlagenen Schiffs.

Gloria schaute mich an. «Aha, der Namen-sind-für-Grabsteine-Typ. Was fehlt dir?»

«Mir? Mir fehlt nichts. Aber dir. Man hört, du hast ein Herzleiden. Setz dich, Gloria. Ich bin hier als dein Lebensberater. Die erste Sitzung ist gratis.»

«Was soll das? Meine Patienten warten.»

«Schick die Leute nach Hause. Die Gesundheit ist ein viel zu teures Gut, als dass man sie einer kranken Ärztin überlassen dürfte. Deine Patienten möchten mal an einer natürlichen

Todesursache sterben, nicht an einer depressiv bedingten Medikamentenverwechslung.
Gloria, wir reden jetzt zusammen und ich berate dich und dann wirst du wieder proaktiv und dynamisch deinen hippokratischen Eid erfüllen können. Dann kannst du wieder Kniescheiben klopfen und Fruchtblasen beschallen, Milzbrände löschen und Impfgegner impfen. Dann kannst du wieder Glasaugen einsetzen und Simulanten krankschreiben und Warzen vereisen und jemandes Mittelstrahl dekantieren. Leg los. Du kannst reden, erzählen, spinnen. Du hast nicht per Zufall etwas Lachgas?»
«Nein.»
«Schade.»
«Ich hätte Wundsprit.»
«Hm... Nein. Danke. Bin ja nicht zum Vergnügen hier.»
«Du bist Lebensberater?»
«Ja.»
«Wie wird man Lebensberater?»
«Viel lesen.»
Ich stellte die Flipchart auf und legte die dicksten Edding-Marker bereit.
«Pack alles ein», sagte Gloria. «Ich bin nicht auf Hilfe angewiesen.»
Nicht auf Hilfe angewiesen! Dieser Satz ist doch vollkommen wirklichkeitsfremd!
Wir sind zu jedem Zeitpunkt unseres Lebens auf Hilfe angewiesen! Beim Kaugummi-aus-den-Haaren-Schneiden oder wenn man im Luzernischen in eine Würgeschlange gerät. Als Baby braucht man einen Schoppenhalter, als Teenie die sanfte Führung der elterlichen Besserwisserei, als Erwachsener brauchst du Investoren, und als Greis in der Seniorenresidenz in Thailand brauchst du ein frisch gepresstes Algensmoothie. Ich bin nicht auf Hilfe angewiesen! Wer ist denn stark genug, um mit einem Ellbogenkrebs ohne jede Unterstützung fertigzuwerden?

«Gloria, jeder braucht dann und wann jemanden, der ihm hilft, Körper, Seele und Geist zusammenzumontieren. Wenn du als Ärztin das nicht glaubst, wer dann? – Also, deine Partnerin. Die Tennislehrerin...»
«Ich weiss auch nicht! Vermutlich nervt sie etwas an mir. Dass ich ihr die Bettdecke wegziehe. Dass ich so laut stöhne beim Tennis. Vielleicht stellt ihr mein Gestöhn bei der Ballabgabe völlig ab. Vielleicht wagt sie es kaum mehr, einen Ball zurückzuschlagen, aus Angst vor meinen Geräuschen. ‹Soll ich es mir abgewöhnen?›, habe ich sie gefragt. ‹Susanne, ich mache alles gleich gern und gleich gut, wir können auch Pingpong spielen. Oder Squash, oder Badminton.›»
«Gloria. Hör auf, an Susanne zu denken. An jemanden regelmässig zu denken ist etwas, das die Laune verbessern soll, nicht verschlechtern. Die Frau, die dir das Herz gebrochen hat, ist am anderen Ende der Welt und klebt orange Zettel an 8000er, die sie bestiegen hat, und blaue Zettel an 8000er, die sie noch besteigen will. Sie arbeitet daran, zu vergessen, dass sie je mit dir zusammengewesen ist.»
«Deine Lebensberatung baut einen ja richtig auf.»
«Du bist in einer depressiven Phase. Depressive kann man nicht aufbauen. Sie steht nicht mehr auf dich, so einfach ist das. Such dir einen anderen Grund zum Glücklichsein. – Jetzt geht es dir besser, nicht wahr?»
Ich sah, wie sich ihre Augen mit Flüssigkeit füllten.
Man könnte sagen: Manno, das Gesundheitswesen sollte seine Gefühle im Griff haben! Aber mich dünkte: Glorias Überproduktion von Tränenflüssigkeit ist effizientes Change-Management. Ein positives Zeichen einer positiven Entwicklung.
«Hey, Gloria, ich will dir die Freude am Weinen nicht verderben. Aber trink mal einen Schluck Wasser. Pass auf, dass du nicht dehydrierst. Komm, stossen wir an, meinetwegen mit Wundsprit. Liebe kommt, Liebe geht – ein kräftiges Nein zum Miteinander-Nebeneinander. Ein Ja zum Gegeneinander-Auseinander! Vergiss Beziehungen und Stress und Doppelbetten!»

Ich träufelte ein paar Tropfen von meinem Parfum auf ihre Ständerlampe und die Hitze verteilte den Duft. Dior Sauvage stärkt den Überlebenswillen. Hatte ich irgendwo gelesen.

16

Neulich, irgendwo auf der Welt, in einem Doppelbett: «Es tut dir leid. Okay. Was genau tut dir leid? dass du mir die Bettdecke weggezogen hast? Das soll dir auch leidtun! Ich bin noch völlig unterkühlt! Ich habe die Nacht sozusagen im Freien verbracht! Hör zu, Schatz, du bist für mich die Schlagsahne auf der Torte. Du bist der Beat meines Herzens, du bist meine grosse Liebe dieses Lebensabschnitts, aber neben dir sterbe ich noch den Kältetod! Ich habe immer noch Hühnerhaut! Du fragst dich schon manchmal, womit du einen so grossartigen Menschen wie mich an deiner Seite verdient hast? Ein Vorschlag: Geh zu einem Lebensberater, der dir beibringt, wie du nicht Nacht für Nacht die Decke Zentimeter für Zentimeter zu dir ziehst und dich drin einwickelst wie eine Trutenwurst im Blätterteig. Was sagst du? Kein Lebensberater? Eine zweite Decke? Na, wenn du meinst, das sei einfacher.»

17

Ich finde, die besten Rezepte gegen Liebesfrust sind: eine Übergangsfrau. Hypnose. Holz hacken. Lindor-Kugeln.

«Ich habe eine bessere Idee», sagte Fäbu. «Glorias Liebesfrust ... Sie muss in die Berge! Zur Kur! Regenerieren, Rekonvaleszieren! Und wir begleiten sie!»
«In die Berge?»
«Ja.»
«In die Natur? Zu Blumen und Bäumen, Bächen und Büschen?»
«Mach dir keine Sorgen, Junior. Seilbahn, Gondel. Fünfstern-Bergpanorama, Fünfstern-Hotel...»

«Wer zahlt das?»
«Unsere Herzpatientin. Ihre Zusatzversicherung.»
«Ich will ein eigenes Zimmer.»
Fäbu montierte die Winterreifen, Gloria organisierte eine Praxisvertretung, organisierte eine Nachbarin, die sich um den trächtigen Chinchilla kümmern sollte. Und schon fuhren wir los, zur Kur ins Bündner Tourismusparadies.
Und ich muss sagen: Es war alles super zivilisiert. Super ausgeschildert. Seilbahn, Gondel, den Berg rauffahren, den Stoffwechsel runterfahren. Die einheimische Bergfaltenproduktion bestaunen. AC/DC-Luftgitarrensolo an der Hotelbar. Ein herzschonendes Lavendelkissen auf dem Bett und ein Arvenholz-Anti-Aging-Duschgel im Bad. Mit Vitamin E gegen die Zellalterung.
«Hey Junior, hat's in deinem Zimmer auch so ein Spritz-WC? Ich weiss nicht, ob das auch so ein Hobby ist von dir, aber ich liebe es, auf dem Closomat zu sitzen, bis nur noch kaltes Wasser raufspritzt.»
Ich habe ja immer gemeint, mein Leben sei schwierig. Die Qualen des Poeten auf der Suche nach dem treffenden Wort. Ich glaube, nur eine gebärende Frau kann diese Qualen annähernd nachempfinden.
Aber ich habe halt keine Vorstellung davon gehabt, wie schwierig das Leben einer Medizinerin ist. Kaum findet einer heraus, dass du Arzt bist, schon erzählt er dir, welche Tabletten er nimmt. Schon musst du alle möglichen Körperteile begutachten. Einen Deutschen im Hotel plagt ein Tinnitus. Gloria empfiehlt viel Bewegung und frische Luft und: «Zeigen Sie es daheim Ihrem Vertrauensarzt. Und nein, eine Zitronenscheibe im Gin Tonic deckt den täglichen Vitaminbedarf nicht.»
Eine Russin zeigt Gloria am Frühstücksbuffet ihre Cellulitis. Gloria reagiert professionell: «Aha. Hagelschaden.»
Alles in allem hat mein Einsatz als Lebensberater und die Kur in den Bergen Glorias Laune verbessert, ihr Prestige erhöht und ihr Einkommen gesenkt.

Ich will ja nicht behaupten, dass es nur gut ist, ein guter Mensch zu sein. Philosophisch und ethisch und moralisch und vom Charakter her. Aber ich denke: Manchmal muss man das Gute in sich zulassen, damit sich das Schlechte daran reiben kann.

18

Wenn ich meinen Mitmenschen einen Wunsch erfüllen könnte, dann wünschte ich ihnen, dass sie auch mal mein Glück haben. Dass sie auch mal einen eigenen Fahrer haben, der sie abholt und zurückbringt. Sich auf dem Rücksitz breit machen wie in einer Shabby-Chic-Polstermöbelgarnitur! Durch die Nacht gleiten wie im Raumschiff Enterprise! Statt mit dem öV müssen. Statt Sitzplatzkampf und Handyfolter und Fahrleitungsstörungen und Entgleisungen und immer diese Ungewissheit, ob jetzt Ausstiegsseite rechts oder links. Okay, als ÖV-Benutzer redet man sich alles schön: «Die Eisenbahn? Jeden Tag ein soziales Spektakel! Und hey, manchmal bekommst du mehr Fahrzeit, als du bezahlt hast.»

Wer bin ich, wer will ich sein? Wie werde ich, wer ich sein will, und bleibe, wer ich bin? Satt will ich sein. Satt und voll und bauchfettrezeptresistent.

Zum Abschluss unseres Kuraufenthalts in den Bündner Bergen machten wir einen Ausflug ins Val Mustair. Gloria, Fäbu und ich. Wir besuchten die Veranstaltung «Mit Schneeschuhen zum Glühwein». Alles super zivilisiert, super ausgeschildert. Dann zurück Richtung Hotel, auf der Ofenpassstrasse, durch den Nationalpark.

Wintereinbruch. Minustemperaturen. Und ehrlich, ich wäre das wirklich gern: jemand, der alles von seiner besten Seite anschaut. Jemand mit einer heiteren, zuversichtlichen, lebensbejahenden Grundhaltung. Ein Optimist.

Aber im VW-Bus war die Heizung kaputt.

«Fäbu, wie lange ist's noch bis St. Moritz?»

«Weiss nicht.»
«Sind wir schon über den Pass?»
«Weiss nicht.»
«Auf meiner Seite geht es brutal den Berg runter. Bleib in der Mitte!»
«Wieso ist unser Hotel in St. Moritz und nicht dort, wo der Glühwein gewesen ist?»
«Auf der Schweizerkarte ist das alles ganz nah beisammen.»
Dann, o Schreck, direkt vor uns auf der Strasse, ich wollte lebensbejahend rufen: «Fäbu, gell, du siehst den Hirsch?», doch die Bilder in meinem Kopf sind schneller da als die Sprache. Ich sah es schon vor mir: das Tier, der Wagen, eine Explosion aus Blut und Knochen und Winterreifen. Das Fell des Hirsches würde der Wildhüter höchstens noch als kratziges Toilettenpapier brauchen können.
Fäbu zog das Steuerrad nach links, mehr so Richtung Katastrophe. Gloria auf dem Beifahrersitz langte rüber und zog das Steuerrad energisch nach rechts. Wir schlitterten am Tier knappstens vorbei und verschwanden nicht links den Berg runter, sondern tauchten rechts mit der Schnauze in den Schnee. Abrupter Stopp, ich knallte in die Kopfstütze des Vordersitzes.
«Ist jemand verletzt?», fragte Gloria.
«Ich! Ich bin schwer verletzt.»
Gloria macht das Licht an im Wagen. Das Licht ging, aber die Heizung nicht. Bravo.
«Wo bist du verletzt?»
«Am Kopf!»
«Ich sehe nichts.»
«Ich bin gegen die Kopfstütze geknallt! Vielleicht läuft mir soeben das Hirn zu den Ohren raus, vielleicht verliert hier gerade ein Genie sein Gedächtnis! Ein wesentlicher Teil des Weltkulturerbes auf einen Schlag ausgelöscht!»
«Wow!», rief Fäbu. «Habt ihr's gesehen? Wir haben einen Hirsch umfahren!»

Er versuchte es im Rückwärtsgang, doch der Wagen stand so schräg, wir mussten froh sein, dass wir nicht kippten. Fäbu stieg aus. Ich wollte die Schiebetür öffnen, aber es ging nicht wegen fahrzeughohen Schnees. Ich musste auf den Vordersitz klettern und auch auf der Fahrerseite hinaus. Fäbu schaute sich die Sache an.
«Das ist nicht gut. Mein Auto ist blockiert, da und da und da. Die Lage ist ernst. Der Zahnbürstenblinker ist abgebrochen. Wie spät ist es?»
«Mitternacht.»
«Wieso ist da niemand auf der Strasse?»
«Weil Mitternacht ist! Weil die Ofenpassstrasse keine so grosse Bedeutung im transalpinen Personen- und Güterverkehr hat!»
Ich nahm mein Handy hervor. Akku leer. Scheisse noch mal, ich zahle 32 Franken im Monat, und jetzt kann ich weder einen Notruf senden noch meine Wikipedia-Seite aktualisieren.
«Gib mir dein Handy, Fäbu.»
«Ich habe kein Handy.»
Und Gloria hatte ihres im Hotel gelassen.
Wir waren in der Wildnis gestrandet! Nichts als dunkle Wälder und Schnee und Berghänge. Ein weiteres aufregendes Kapitel vom Kampf zwischen Mensch und Natur nahm hier seinen Anfang. Vielleicht hatten schon Wölfe unsere Fährte aufgenommen und die Bartgeier kreisten über uns.
Schneeflocken sanken auf mein Haupt. Erinnerten mich daran, dass mir kalt war. Schnee ist definitiv nicht meine Lieblingswasserhärte.
Vielleicht sollten wir ein Iglu bauen? Uns im Schnee eingraben und uns aneinanderkuscheln. Ich habe mich schon an schlimmere Menschen gekuschelt. Ich habe mich im Holiday Inn an Signora Russo gekuschelt. Da kann ich mich auch an ihren Sohn und seine Hausärztin kuscheln. Und am nächsten Morgen finden sie unsere Leichen, aneinandergeklebt wie drei Winnetou-Glaces.

Das darf doch nicht wahr sein! Auf uns warten elitäre Fünfsternezimmer mit Schöggeli und Wetterbericht auf dem herzschonenden Lavendelkissen. Wo ist der Bündner Tourismusdirektor, wenn man ihn mal braucht?
«Also, Jungs», sagte Gloria. «Wir sollten uns hier nicht einschneien lassen. Wenn wir die Strasse zurückgehen, kommen wir zur Passhöhe, und dort ist ein Hotel. Daran sind wir vorhin glaube ich vorbeigefahren.»
Wir liefen los. Ich machte mir Sorgen wegen ihrer Kondition. Okay, Gloria spielte ein bisschen Tennis, aber Fäbu sass den ganzen Tag träge auf seinem Fahrersitz und liess sich den Rücken massieren von der Holzkügelchensitzauflage. Sie waren nicht so fit wie ich. Ich war vorbereitet auf diese Schicksalsstunde. Ich war jeden Tag auf dem Stepper und löste dazu ein mittelschweres Sudoku.

Immerhin: Gloria machte einen beneidenswert gefassten Eindruck. Sie schritt die Passstrasse entlang wie damals diese Herzogin in Paris, die während der Revolution auf dem Weg zur Guillotine noch in einem Blumenbestimmungsbuch blätterte.
Sie trugen beide dicke Wintermäntel, Gloria und Fäbu.
Unglücklicherweise war meine Kleidung in diesem menschenfeindlichen Terrain eher suboptimal. Schneeschuhspaziergangsgeschädigte Halbschuhe, und die Socken hatten Löcher.
Das war wie in diesem Film über die Rugbymannschaft, die in den Anden mit dem Flugzeug abstürzte. Sie wanderten herum auf der Suche nach einer Telefonkabine, um ihren Familien mitteilen können, dass es heute später würde. Und dann fingen sie an, sich gegenseitig aufzuessen. Werden sie das auch müssen, Fäbu und Gloria? Mich aufessen, weil ich als Erster erfroren bin?
Ich sah Fäbu schon an meinem Grab. Gebeugt vor Schmerz und Schuld, weil er nur ein paar abgenagte Knochen in den

Sarg legen kann. Ich sah ihn, wie er sich die Tränen mit dem Wintermantelärmel aus den Augen wischt und nur noch mehr heulen muss, als ihm klar wird, dass sein Wintermantel mich hätte retten können.
Mein ganzes Leben lang war ich niemandem zur Last gefallen. Mein ganzes Leben lang hatte ich mir nicht das kleinste Vergnügen gegönnt. Und jetzt sollte mich der Gedanke trösten, dass ich bald von allen Sorgen befreit sein würde?
Sie merken's, ich bewegte mich scharf an der Grenze zum Selbstmitleid.
Wer bin ich? Ein gut aussehender Poet. Wer will ich sein? Ein lebender gut aussehender Poet!
«Fäbu, Gloria! Das ist alles eure Schuld! Wieso sind wir nicht einfach durch den Hirsch hindurchgefahren!»
«Ich kündige», sagte Fäbu. «Ich mag nicht mehr mit diesem Poeten unterwegs sein. Statt im Flow zu bleiben, will er dauernd seine Gefühle artikulieren.»
«Ich erfriere! Das ist so eine Situation im Leben, wo Gefühle zu artikulieren durchaus mal erlaubt ist!»
Dann sahen wir es: eine schwarze Silhouette, gross, rechteckig, ein Gespenst in der Finsternis.
«Das ist das ‹il Fuorn›», sagte Fäbu. «Hotel, Restaurant ... Habe da mal eine Coupe Dänemark gegessen.»
«Sei still. Ich möchte diesen Moment geniessen. Bevor wir einchecken und ins Bett fallen und unsere Frostbeulen zählen. Liebes Universum, ich wünsche mir ein warmes Zimmer! Es muss keine Suite sein, ein Federbett mit einer Militärwolldecke reicht völlig. Es braucht keinen Erwachsenenkanal und auch kein fliessendes Wasser. Ich kann parfümieren statt duschen.»
Die Nacht war ja schon dunkel. Aber das Hotel war dunkler als dunkel.
Wir pressten die Gesichter gegen die Scheiben. Wir suchten nach einer Klingel, wir klopften, und dann sahen wir's: «Wegen Renovation geschlossen bis März».

«Uii, bis März ist lange.»
Gloria drehte sich um.
«Wohin willst du?»
«Zurück zum Auto.»
«Was willst du dort?»
«Warten, bis es hell wird.»
«Ich gehe doch nicht den ganzen Weg zurück zum Auto!»
«Hier ist niemand.»
«Wenn du glaubst, ich würde mich im Bus in Fäbus Holzperlensitzauflage wickeln, während ich da drin eventuell ein heisses Bad einlassen und ein Jahrhundertwerk an den Badewannenrand notieren könnte…»
«Ein Jahrhundertwerk?»
«Ich kann ohne Schnorchel fast zwei Minuten unter Wasser bleiben! Das reicht für ein Gedicht mit dem Titel: ‹Dem absoluten Nullpunkt so nah wie nie zuvor›.»
«Nicht die Nerven verlieren», sagte Fäbu. «Machen wir einen Kompromiss: Du bleibst beim Hotel und wir gehen zum Auto.»
Super Kompromiss. Fäbu und Gloria stapften davon. Ich lief einmal ums Hotel, rüttelte, woran man rütteln kann. «Wartet auf mich!»
Zurück beim Auto stellte Gloria das Pannendreieck auf. Und Fäbu fand tatsächlich noch eine Thermoskanne, halb gefüllt mit heissem Grüntee. Und das habe ich doch den ganzen Abend erzählen wollen! Für einen Pessimisten ist diese Thermoskanne halb leer. Für einen Optimisten ist sie halb voll. Für mich als Suboptimist ist die Thermoskanne auch halb voll. Aber alkoholfrei.
Am nächsten Morgen wurden wir abgeschleppt. Der VW-Bus ist immer noch in Reparatur. Das werde nicht leicht, sagten sie, diese Karre durch die Abgasprüfung zu bringen.
Und darum bin ich heute ohne meinen Fahrer da. Ohne Fäbu. Darum muss ich heute mit dem öV nach Hause fahren.
«Fäbu, wenn der VW repariert ist – fährst du mich wieder?»
«Du verlierst rasch die Nerven.»

«Ja.»
«Meine Mutter sagt, du hast ihr die Finger in die Nase gesteckt?!»
«Sie hat geschnarcht! Wie ein verstopftes Abflussrohr! Ich habe nur eine Rohrreinigung...»
«Hey, Junior, entspann dich! Atmen! Natürlich fahre ich dich wieder! In meinem Herz hat doch alles Platz. Das Universum, der Weltfrieden, Grüntee, du...»
«Ich komme zuletzt?»
Mein Ellbogen... Vielleicht ist es auch nur Muskelkater. Ich habe Gloria geholfen beim Umzug. Das heisst, wir haben Bananenschachteln und Täschli und Möbeli und Lämpli von ihrer Ex auf die Strasse gestellt. Gloria braucht Platz für die Katzenkörbe. Pablo Gimenez hat gejüngelt.

19

Das passiert mir in letzter Zeit ständig. Dass man mich irgendwo hinstellt und ich etwas Gesundheitsförderndes zu den Blockierten sagen soll.

Meine Damen bis Herren, das Thema des heutigen Abends liegt mir sehr: Der Alltag leicht gemacht – satt und voll im Flow. Wenn der Alltag Sie das nächste Mal überfordert – wegen Schlafstörungen nach der Zeitumstellung, wegen zu viel Liebe auf den ersten Blick, wenn Sie fast ersticken, weil Sie im Kopfstand Chips essen wollten – wenn der Alltag Sie überfordert, dann kommen Sie zu mir in die Lebensberatung. Die erste Sitzung ist gratis.

Denken Sie ans Python-Prinzip, pflegen Sie die Kunst der Lungenatmung.

Vermarkten Sie Ihre Hitzewallungen als alternative Energiequelle.

Bei allen technischen Problemen: von zehn rückwärts zählen.

Bei allen zwischenmenschlichen Problemen: Lindor-Kugeln.

Und das Allerwichtigste – lassen Sie es sich auf Ihre haarigste Stelle tätowieren, sodass es beim Rasieren jedes Mal neu und frisch zum Vorschein kommt: «Ich bin alt und weise. Ich mache nicht mehr aus jedem Problem ein Problem.»

GLÜCK IST

Glück ist: ein Dach über dem Kopf und genug zu essen.
Glück ist: an einem Mückenstich zu kratzen, bis er blutet.
Glück ist: am Arbeitsplatz jeden Tag von Neuem die strukturelle Alkoholunterversorgung zu meistern.
Glück ist: anderen dabei zu helfen, toleranter zu werden. Die Gäste fragen, ob sie gern ein Glas Champagner möchten, und dann Prosecco servieren.
Glück ist: Urlaub. Familie. Hingegen Familienurlaub? Einmal fuhren wir nach Amerika, meine Mutter, mein Vater, meine Schwester und ich. Wenn es Probleme gab (wenn nicht genug Sitze im Überlandbus frei waren, wenn wir zu viel Gepäck und zu wenig Hände hatten, zu viel Sonne und zu wenig Sonnencreme, wenn wir warten mussten oder pressieren oder wenn wir nach dem Weg fragen mussten), dann stöhnte mein Vater und sagte: «Kinder, ich bin schon mit mir allein überfordert, ich brauche nicht noch euer Gstürm.» Mutter schickte ihn weg: «Geh, trink an der Ecke ein Glas Wein, ich regle den Rest.» Abends tüpfelte mein Vater meiner Mutter drei Zahnpastapunkte auf die Zahnbürste, was in unserer Familiengeheimsprache hiess: Mimi, ich hab dich gern.

Glück wäre: eine Sternschnuppe, ein Wunsch, der in Erfüllung geht.
Glück wäre: einmal einen realistischen Actionfilm zu sehen. James Bond jagt den Bösewicht über den Bahnhofplatz und der Bösewicht schafft es eben noch, die Mehrfahrtenkarte zu stempeln und in den Bus zu springen.
Glück wäre: ein langes, erfülltes Leben.

Hundert

Am trostlosesten Tag des Jahres versammeln wir uns ums Raclette-Öfeli am Familientisch. Es ist Weihnachten. Mutter regt sich auf, dass immer ihr Holzspachtel verschwindet. Meine Schwester regt sich über mich auf, weil ich die Badewanne mit Bierflaschen gefüllt habe wie an einer ordinären Hochzeit im Thurgau. Mein Schwager regt sich über meine Schwester auf, weil sie Knoblauch frisst wie eine Hohle und er also heute Nacht entweder neben ihr erstickt oder in meinem alten Kinderzimmer im Kinderhochbett schlafen muss. Und wir alle regen uns über meinen Vater auf, weil er die Zigarette im Ananassaft ausdrückt.

So beschaulich-jämmerlich-erschöpfend könnten wir noch ewig weiter feiern, doch dann zaubert meine Schwester einen Test hervor. Einen Test mit dem Titel: *Werden Sie hundert Jahre alt?*

Ich sage supergescheit: «Wer will das schon, hundert Jahre alt werden, mit klapprigem Gestell und blöd im Kopf. Das hat keine Priorität für mich. Es heisst doch, es gehe nicht darum, dem Leben mehr Tage zu geben, sondern den Tagen mehr Leben.»

«Soso», sagt Mutter und schaut mich fies an, «wenn du siebzig bist wie ich und du spürst es in den Knien, in der Hüfte und im Namensgedächtnis, dann wirst du also sagen: ‹So, merci, ich bin parat, lebt wohl?› Ich glaube, du sagst wie jeder andere auch: ‹Gopfertami, ich möchte doch nur noch erleben, wie mir mein Sohn ein Grosskind schenkt.› Du Studienabbrecher und Versager und Schriftsteller. Hast immer noch Schulden bei uns und jede läuft dir davon.»

Merci, Mueti, möchte ich sagen, steck dir die Racletteschaufel doch dorthin, wo ich herkomme. Aber ich sage nur: «Immerhin habe ich einen Hund, den du ab und zu hüten darfst.»

Die Frage in diesem Test sei nicht: *Willst* du hundert Jahre alt werden, sagt meine Schwester. Die Frage sei, *wirst* du's?

Und dann machen wir den Test und die Frauen gewinnen natürlich. Meinen Vater und mich kann es jeden Augenblick putzen. Meine Schwester wird hundertzwanzig. Sie hat alle guten Gene gezogen, sie ist superfit und superentspannt, ich hasse sie.

Mein Schwager tröstet mich, Test hin oder her, auch meine Schwester könne jederzeit platzen. Ein Antibiotika-resistentes Bakterium könnte sie fressen oder die Amis könnten sie mit einer Drohne bewerfen.

«Wieso sollten die USA Drohnen auf mich werfen?», fragt meine Schwester.

«Vielleicht bist du einfach einmal zu viel im Arabisch-Kalligrafie-Kurs gewesen», sagt mein Schwager. «Die Amis finden immer einen Grund, wenn sie einen Grund finden wollen.»

«Du bist einfach nur dumm», sagt meine Schwester. «Siehst du, Mutter. Vom Traummann zum Trauma.»

«Doch, doch», komme ich meinem Schwager zu Hilfe, «ich sehe das genau vor mir: eine Drohne, eine Explosion, das Quartier in Flammen, die Überlebenden retten sich in die Migros, Verletzte sinken zwischen Einkaufswägelchen und Sushi-Take-away-Kühltruhe, Angehörige waschen sie mit Aproz-Mineral. Du, Schwesterherz, assistierst bei einer rustikalen Amputation in der Haushaltswarenabteilung und anästhesierst die Opfer mit deiner Knoblauchfahne, und mir ist es ehrlich gesagt immer noch lieber, zwischen Lilibiggs-Maiswaffeln und Léger-Bündnerkäse gezielt getötet zu werden, als ohne Anklage in Guantanamo zu versauern.»

Vater ärgert sich. «Hört auf, heute ist Weihnachten, Jesus ist geboren.»

Und Mutter macht ihm später eine schwungvolle Zahnpastalinie auf die Zahnbürste, was in unserer Familiengeheimsprache heisst: Reg dich nicht auf, Bärli.

Werden Sie hundert Jahre alt? Für jedes Ja ziehen Sie zehn Jahre von hundert ab. Alles klar? Los geht's:

Sind Sie ein Mann?
Leben Sie überwiegend nicht in der Schweiz?
Angenommen, die Batterie Ihres Elektrobikes ist leer. Täuschen Sie eine Oberschenkelzerrung vor und bestellen ein Taxi?
Sind Sie genau dieser Mensch geworden, vor dem Sie sich als Kind gefürchtet hatten?
Müssen Sie regelmässig, wenn Sie in ein Zimmer kommen, Ihre gesamten schauspielerischen Fähigkeiten aufbieten, um wenigstens so zu tun, als wüssten Sie noch, weshalb Sie ins Zimmer gekommen sind?
Hat schon mal jemand zu Ihnen gesagt: «Hör zu, Kollege, ich kann nicht mehr mit dir joggen gehen. Ausser ich nehme mir etwas zum Lesen mit.»

«Du machst das schon richtig», sagt mein Schwager. «Besser nicht immer die Gleiche als immer die gleich Blöde.» Er liegt im Kinderhochbett, seine Beine hängen über den Bettrand. «Ist es nicht so», sagt er, «wir pendeln zwischen Lust und Angst, zwischen Müdigkeit und Sehnsucht, doch glücklicherweise sind die Wunder im Leben meistens gerade gross genug, dass wir sie noch bemerken.»

«Du Studienabbrecher und Versager und Schriftsteller», sagt meine Mutter, und: «Jede läuft dir davon.» Aber mir läuft gar nicht jede davon. Manchen laufe auch ich davon.

Die nächste Ex

Meine nächste Ex sass auf dem Sofa und schaute Eishockey. Sie johlte und schlug mir bei jedem Goal entzückt auf den Schädel und ich fragte mich: Ist das jetzt etwa romantisch? Mich ganz lieb anschauen – das wäre romantisch. Mir mal was mitbringen: eine Tasse aus dem Starbucks. Vier Fotos aus dem Automaten. Irgendwas Selbstgemachtes, etwas, das ich frühestens beim nächsten Umzug wegschmeisse – das wäre romantisch. Im Regionalspital sitzen, Händchen halten und auf den Aids-Test warten. Füreinander da sein, einander in tiefsinnige Gespräche verwickeln, während man sich die Pickel am Rücken ausdrückt. Und am romantischsten wäre: am Strand, im Licht der Sterne, zusammen sterben.

Als ich sie rausschmiss und ihr am nächsten Tag eine SMS schrieb und mich lange nicht entscheiden konnte zwischen: «Sorry, ich kann nicht mehr» und «Streich dir von jetzt an selber die Zahnpasta auf die Zahnbürste», da geriet ich innerlich in Panik. Im Kino lief eine Mineralwasserwerbung mit einem strahlenden Paar und ich fing an zu weinen. Im H&M taumelte ich durch die Bébé-Abteilung und schnüffelte an Taufkleidern und an Bodys aus Merinowolle. Ich dachte: Nie mehr lerne ich eine Frau kennen. Eine Frau, die meinem Leben Sinn gibt – oder die zumindest so viel Geld verdient, dass ich mir die Frage nach Sinn nie mehr stellen muss.

Ich trommelte meine Freunde Robin und Gaudenz zum Survival Training zusammen. Am Lagerfeuer brieten wir Regenwürmer und schwärmten von *Breakfast at Tiffany's* und trauerten den letzten femininen Frauen hinterher. Audrey Hepburn! Marilyn Monroe! Alain Sutter! Das waren noch Frauen gewesen, die unseren romantischen Vorstellungen so richtig eingeheizt hatten.

Wir schlüpften in unsere aus Blättern genähten und mit Tannennadeln gefüllten Schlafsäcke und erzählten uns unsere Liebeswünsche und Sehnsüchte. Mein Testosteronspiegel sank

tiefer als beim Betrachten eines Selleriesalats. Und obschon mir die Regenwürmer kaum sauer aufstiessen, wollte ich die Erde jetzt einfach nach einer liebenswerten Gefährtin absuchen. Einer Gefährtin mit Mondkalender und Homöopathie-Fernstudium und Wetterfühlen und Naturafarm-Brüsten, die ich in meiner unerreicht romantischen Art nach Knoten abtasten könnte. Aber weil ich wusste, dass ich eh wieder nur eine finden würde, die an meinem Teleclub-Abo interessiert wäre, beschloss ich, meine Ex zu reaktivieren. Ich ging bei ihr vorbei und forderte die Liebe von ihr, die mir zustand: «Hör zu, Mösli», sagte ich. «Ich bringe dir die Zahnbürste noch nicht, weil ich dir noch eine Chance gebe.»
«Idiot», sagte sie.
«Ich möchte, dass du *Sport Aktuell* aus deiner Agenda streichst.»
«Sonst noch Wünsche?»
«Ich möchte, dass ein einziges Mal, wenn ich von der Arbeit nach Hause komme, die Findus-Spinatplätzli schon aufgetaut sind. Und ich möchte, dass du dich mal fragst: Wieso brauche ich am gemeinsamen Abend Eishockey?»
«Hast du den Verstand verloren?»
«Ich bin noch nicht fertig! Du könntest dich glücklich schätzen, einen derart sensiblen und selten klugen Partner zu haben. Ich weiss, dass Shampoo und Duschgel zwei komplett verschiedene Produkte sind! Den Wortüberschuss deiner Mutter stecke ich weg wie Kriegsverletzungen und Steuerrechnungen! Auch nach sechs Monaten Zusammensein halte ich dir die Tür auf, wenn du den Abfallsack hinausstellst! Mit Freuden werde ich mal deine Plazenta im Garten vergraben! Und wenn du vierzig wirst, dann stehe ich zu deinen Falten und Krampfadern und Ledertaschenbrüsten bis zum Bauchnabel. Pro Specie Rara müsste Männer wie mich schützen! Baby, ich gehe mit dir ins Public Viewing, obwohl ich mich für deine T-Shirts schäme: ‹Ich kann auch ohne Spass Alkohol haben› ... ‹Ich habe Vögelgrippe› ... Ich gehe mit dir ins Public Viewing, ich schaue mit dir Sportfernsehen, ich tue

das, wie wenn's etwas Schönes zu gewinnen gäbe. ‹I schänke dir mi Schmärz, meh hani nid, du chasch ne ha, wede wosch›, aber bitte, gib deine T-Shirts in die Altkleidersammlung und mach Sudetendeutsche damit unglücklich.»
«Schatz», sagte sie. «Halt die Schnauze. Schau dich mal an, das ist doch kein Leben: Du lässt alle Hemden am Boden liegen, schaust mit Tränen in den Augen *Bauer, ledig, sucht ...* Und trinkst dazu Fertigsalatsauce aus der Flasche.»
Sie schaute mich ganz lieb an und streckte mir eine Tasse aus dem Starbucks hin. «Du brauchst mich», Schätzchen.
Und ich dachte: Okay, sind wir halt wieder zusammen. Immerhin sind ihre Brüste natürlich und CO_2-neutral.
Am Abend, nach der Eishockey-Zusammenfassung, machten wir uns gegenseitig drei Zahnpastapunkte auf die Zahnbürste, was in unserer romantischen Geheimsprache heisst: Irgendwo auf dieser Welt beginnt gerade ein Krieg. Wir müssen zusammenhalten.

Glück ist: ein Dach über dem Kopf und genug zu essen.
Glück ist: wenn's einem gelingt, einen Gugelhopf in einem Stück aus der Form zu stürzen.
Glück wäre: weniger Angst zu haben – Angst vor dem Scheitern, Angst vor Gemüse, Angst vor dem Leben als Mann.

Leben als Mann

Manche behaupten ja, das Leben als Mann sei das pure Paradies. Ein Finger in der Nase, in der Hand eine Bierflasche, jede Hauswand ein Pissoir. Doch auch ein Mann kennt seelische Erschütterungen. Als Bub kannst du nichts in Ruhe lassen. Siehst du eine Cola-Dose, musst du draufspringen. Eine Fliege musst du fangen und zerlegen. Wenn ein Mädchen vollkommen freundlich neben dir steht, musst du es treten oder ihm den Arm verdrehen. Später kommen die überentwickelten Nachhilfelehrerinnen und du kannst dich noch so ablenken mit Weitsprung und Kugelstossen: Von jetzt an vergehen deine Jahre in einem einzigen Rausch der geschlechtlichen Begierde.
Nach der Rekrutenschule hast du so viel Pornografie intus, dass du im normalen Alltag unter Wahrnehmungsstörungen leidest. Begegnest du einer Frau – im Lift, auf dem Parkplatz, beim Röntgen – dann fragst du dich, wann sie endlich anfängt, sich die Kleider vom Leib zu reissen. Alles in allem vertubelst du ein Jahr im Militär, und nach dem letzten Wiederholungskurs weisst du zwar noch immer nicht, wie man eine Krawatte knüpft, geschweige denn, dass du die Deutschen dran hindern könntest, das Land einzunehmen, aber immerhin: Wo die Klitoris ist, das ist nie mehr ein Problem.
Du wirst älter und suchst verzweifelt nach anderen Themen, erweiterst deinen Wortschatz in all den absurden Disziplinen auf Eurosport: Darts, Billard. Weil du nur selten einen Spiegel brauchst, erwachst du mit fünfunddreissig und stellst mit Schrecken fest, dass du einen Schwimmring angesetzt hast. Woher kommt der jetzt?
Du träumst davon, wieder ein glücklicher Bub zu sein. Glückliche Buben essen den ganzen Tag Schokolade und bleiben dürr wie ein Splitter. Glückliche Buben montieren Mäuse an Feuerwerkskörper. Glückliche Buben leben in Höhlen und stehlen mit ihren Vätern Feuer und Frauen, und überentwi-

ckelte Hominidinnen führen sie ins steinzeitliche Kamasutra ein. Du stellst dir das vor und weisst gleichzeitig, dass du in der Steinzeit mangels Aerosolspray an Asthma gelitten hättest. Wilde Tiere oder auch nur schlecht gelaunte Frauen hätten dich getötet, weil sie dir körperlich überlegen gewesen wären.

Die nächsten zehn Jahre gehen vorüber mit Geheiratet-Werden und Töchter-Grossziehen, mit Diätboykotten und Passiv-Eisstockschiessen… Und träum ruhig weiter vom steinzeitlichen Kamasutra! Deine Frau muss sich wohlfühlen, um Sex zu haben, und du musst Sex haben, um dich wohlzufühlen. Ein verhängnisvoller Widerspruch – ihr sucht lange nach einer Lösung. Schliesslich genehmigst du dir aussereheliche Beziehungen mit Germanistikstudentinnen und Germanistikstudenten (sie sind nicht leicht auseinanderzuhalten). Deiner Frau erzählst du nichts davon. Mit dreissig hast du das getan, mit fünfzig hast du dazugelernt.

Kurz nach der Frühpensionierung fällst du fürchterlich vom Elektro-Bike. Du nimmst Paracetamol gegen die Schmerzen und weigerst dich, zum Arzt zu gehen. Ein Mann löst seine Probleme selber, sagst du, und das sind dann auch deine letzten Worte. Die Obduktion bringt es ans Licht: Du bist die letzten Tage mit gebrochenem Genick herumgelaufen.

Glück wäre: ein Leben als Frau.

Frauen! Frauen sind total faszinierend. Sie legen grundlos Wäsche zusammen, sie können jedem Kleidungsstück den korrekten Namen geben, Elternschaft passiert ihnen nicht einfach so und Gesundsein ist bei ihnen kein zufälliges Ereignis. Frauen sind mit weniger Geld für die gleiche Arbeit lebensfroher.

Und du bist tot und im Himmel, und endlich kannst du unter dem Sternenzelt schlafen und gleichgültig sein gegenüber all dem, was du mal für wichtig gehalten hast: Geld, Erfolg, perfekte Gugelhöpfe und läufige Studentinnen. Wie ein glücklicher Bub bastelst du aus einer leeren Küchenpapierrolle ein Piratenfernrohr und siehst dort unten auf der Erde deine Töchter. Du denkst: Es ist ein Glück, dass meine Töchter in einer weiblichen Kultur grosswerden, dass sie eine andere Sprache sprechen als Männer, also überhaupt eine Sprache.

Und wenn sie mal ein liebeskranker Nachhilfeschüler schmachtend anstarrt, dann reissen sie sich nicht einfach die Kleider vom Leib, sondern sie fragen: Ist dir heiss, sollen wir ein wenig das Fenster öffnen?

Es erfüllt dich mit Dankbarkeit, dass deinen Töchtern das Leben als Mann immer fremd sein wird.

Wie findet man den inneren Frieden?

Jeden Tag bereite ich der Menschheit die Freude, mir zu begegnen. Und ich erwarte ja gar nicht, dass etwas von ihr zurückkommt. Liebe, Anerkennung, Werbeverträge.
Ich brauche zum Beispiel seit Jahren Rasierklingen von Gillette. Aber den Gillette-Leuten ist vollkommen egal, was ihre Klingen für meinen Teint leisten. Spaziere ich in der Sauna vor den Kaltwasserbecken auf und ab, höre ich die Saunisten flüstern: Schau mal diese Haut! So glatt und transparent wie der Schädel von Kojak.
Aber noch kein einziger Werbefuzzi hat mit mir Kontakt aufgenommen. Sie setzen lieber auf diesen alternden Tennisspieler aus Basel. Nicht mehr der Beste. Und schauen Sie mal seine dünnen Ärmchen an. So einer ausgehungerten Spargel kauft doch kein vernünftiger Mann eine Rasierklinge ab.
Man kann sich über alles aufregen. Und mit dem Aufregen kommt das Kommentieren und Protestieren. Das gilt als engagiert. Als aufgeklärt und couragiert. Man macht nicht einfach die Faust im Sack, nein, man lässt die Wut raus! Lässt Taten folgen! Briefmarken werden auf anonyme Drohbriefe geklebt und Freunde gelöscht.
Warum eigentlich nicht? Warum nicht die Faust im Sack machen? Eine Frau hält es nicht aus, dass ihr Mann immer rummacht in seinen Haaren. Raus mit seiner Faust, rein in seine Fresse. Faustrecht. Bravo. Mit der Selbstbeherrschung eines tollwütigen Stinktiers verwirklicht sie ihre sakrosankten Gefühle.

Dabei: Bleibt die Faust im Sack, braucht sie keiner im Nacken zu spüren.
Bleibt die Faust im Sack, bleiben die Wasserwerfer in der Garage.
Bleibt die Faust im Sack, muss man sich nicht als Nächstes fragen, ob nun die Faust wie eine Faust aufs Auge passt und

was das genau heisst. Bedeutet: Das passt wie die Faust aufs Auge, dass nun etwas wirklich aufeinanderpasst – oder eben genau nicht? Eine zweite Gotthardröhre passt wie die Faust aufs Auge. Passt die Röhre nun in den Gotthard oder eben genau nicht?
«Reg dich nicht auf», sagt mein Mitbewohner, «Faust aufs Auge, das ist eine ironische Redensart, die in quasi doppelter Ironie auch das Gegenteil bedeuten kann.»
Merci, jetzt rege ich mich über dich auch noch auf, Gagu.

Gagu. Schafseckel. Ausdrücke, die in meiner Kindheit gang und gäbe gewesen sind. Du Gigu. Du Möngi. Du stinkende Kackwurst aus dem syphilitischen Arsch einer hasenschartigen Hure.
«Stopp, das ist viel zu grob, sprich nicht so mit deiner Schwester!»

Erst habe ich mich über das neue Abfallreglement aufgeregt. Später habe ich mich über diejenigen aufgeregt, die sich darüber aufregen. Mittlerweile rege ich mich nur noch über die auf, die sich über die aufregen, die sich darüber aufregen. Ich werde immer entspannter.
Weisheit wäre Selbstbeherrschung, Gelassenheit, Unerschütterlichkeit. Reif genug sein, um den Anfeindungen des Schicksals und des Wetters zu widerstehen. Weisheit wäre: nicht jedes Mal loszuberserkern, wenn einem was nicht passt: Abfallreglement, Kindesschutzbehörden, Islam, Kohlenhydrate.
Leute, die in der Mensa das Glas am Getränkeautomaten so hoch füllen, dass sie daran nippen müssen, um es zur Kasse transportieren zu können.
Die Unmöglichkeit, eine Scheibe Brot mit eiskalter Butter zu bestreichen, ohne dass es Löcher im Brot gibt.
Die Kinder daheim.
Ich habe drei Kinder. Und dauernd hat eins Geburtstag. Und jedes Mal muss man einen Kuchen mitgeben in die Schule.

Ich sammle jeweils alle meine kreativen Kräfte, gehe in die Migros und kaufe eine Himbeerroulade.
«Papa, soll das mein Geburtstagskuchen sein? Willst du, dass meine Klassenkameraden Mitleid haben mit mir?»
Also nehme ich die Himbeerroulade und versuche, daraus etwas Selbstgemachtes zu machen. Ich schlage zweimal kräftig drauf, damit sie die perfekte Form verliert. Ich raffle Würfelzucker, um dem Ganzen einen Touch von Staubzucker zu geben. Ich tränke die Couscous-Resten vom Mittagessen in Eierlikör und forme daraus herzige Marzipan-Säuli. Weil ich keine Smarties habe, nehme ich Aspirintabletten und male sie rot und gelb und grün an.

Die Faust im Sack zu machen, gibt Popeyes Unterarme und Buddhas Friedfertigkeit. Falls Gillette möchte, dass ich für sie Werbung mache, mit meinem Teint, mit meiner mentalen Stärke, mit meinen Unterarmen, dann kann sie von mir aus der Blitz beim Scheissen treffen. Weisheit ist, nicht jedes Mal den Teufel zu sehen, wenn etwas vorbeigeht, das man nicht kennt. Mit den meisten, die einen aufregen, möchte man ja eh nicht tauschen.

Glück ist: in einem Klassik-Konzert mitten im Publikum zu sitzen und die Melodie mitzusummen.
Glück ist: zu erleben, wie ein ganzes Gebäude evakuiert wird, weil man den Feueralarm ausgelöst hat.
Glück ist: sich in einem Projekt zu verlieren, zum Beispiel eine neue Sprache zu erfinden. Eine Sprache, die man auf Inseln in der Südsee sprechen könnte. Pikidikiniki bumbum, was heissen könnte: Ein achtjähriges Mädchen aus diesem oder jenem Ort ist vergangenen Montag unter einer Palme von einer Kokosnuss erschlagen worden.
Glück ist: ins Kunstmuseum zu gehen. Und zwar einfach so. Nicht, weil man selbst ein Maler ist oder ein Student oder eine Frau. Einfach wieder einmal ins Kunstmuseum gehen und

vor einem Bild stehen bleiben (eine Palme, ein Mädchen, eine Kokosnuss) und beschenkt werden mit einer Gänsehaut.

In einem Buch von Jack London gibt es diesen Matrosen, der auf allen Weltmeeren die aussergewöhnlichsten Abenteuer erlebt, ohne sich dessen auch nur bewusst zu sein. Seine Gedanken sind ausschliesslich auf die Farm gerichtet, die er sich mit seinem Lohn kaufen will. Glück ist: bei der Sache zu sein. Egal ob man es mit Seeschlangen, Meutereien und Schiffbrüchen zu tun bekommt oder mit tagtäglichen Gleichmässigkeiten.

Schnuppertag in der Hölle

Kürzlich fiel eine Sternschnuppe. Ich schloss die Augen und wünschte mir, einen Schnuppertag in der Hölle zu verbringen. Als ich die Augen öffnete, sah ich mannshohe Töpfe mit kochendem Öl und Kugelgrills mit glühenden Kohlen und darin und darauf arme Seelen, die frittiert, gebrüht, geschmort und geröstet wurden. Die Gerüche erinnerten an einen Campingplatz. Der Satan klemmte mir den Besucherausweis ans Hemd und begrüsste mich freundlich.

Was mich wunder nimmt, ist, ob's im Tod eine Gerechtigkeit gibt. Im Leben gibt es sie ja nicht. Man verliert seinen Arbeitsplatz, weil man den Shareholder nicht schnell genug reich gemacht hat. Man verliert sein Leben, weil man als Staatsfeind aus dem Helikopter in einen aktiven Vulkan abgeworfen wird. Frauen werden geschändet, Unschuldige gefoltert, Kinder in die Leistungsgesellschaft gezwungen, Tiere in Massen gehalten und dieser idiotische Nachtzugroman wird verfilmt.

Nun, die Hölle war etwa so, wie ich sie mir vorgestellt hatte: Verdorrtes Brachland, in Staub verweht, und die umgebenden Lokalitäten trugen so ermutigende Bezeichnungen wie Malheur Lake oder Disaster Peak. Uniformierte Teufel trieben Verdammte vor sich her und verteilten sie von den Aufnahmezentren in die verschiedenen Unterkünfte. Es gab Lager für Faschisten, Kommunisten, Monarchen, religiöse Eiferer, Kleptokraten, Völkermörder, Militärs und US-Marionetten. Die Schweizer ketteten sie an Felswände und beschallten sie pausenlos mit Aufnahmen von Kliby und Caroline. Die Deutschen waren in einem Schützengraben und über ihnen ging Goethe auf und ab und peinigte sie mit Schüttel-, Paar- und Stabreimen. Die Briten sassen in einem Tea Room im Kolonialstil, in dem die Klimaanlage versagte. Schweissdampfend bemühten sie sich, ihre Würde zu bewahren, während sich das Rohrgeflecht der Stühle in ihre Sitzfläche bohrte.

Es gab betreutes Wohnen für Volksverdummer und Tischrücker, Homöopathen, Scientologen, Geistheiler und andere Bauernfänger, zum Beispiel hatten die Teufel in ein Stück Gelände kreuz und quer unterirdische Wasserrohre verlegt. Die Wünschelrutengänger mussten den mutmasslichen Verlauf der Leitungen mit Fähnchen abstecken, und jedes Mal, wenn sie ein Fähnchen falsch einsteckten, haute sie ein Blitz um. Es gab Lager für Werber, Diätrezeptautoren, taubstumme Hausierer. Für schlechte Väter und perfekte Mütter. Lager für Hippies, die nur Erbmasse vernichtet hatten, für Pärchen, die in der Öffentlichkeit Zungenküsse geübt hatten. Lager für Leute, die an Kindergeburtstagen *Happy Birthday to you* in fünf Sprachen angestimmt hatten.

Ich sah auch ein paar bekannte Gesichter: Ayatollah Khomeini, Mobutu, Noriega, Mussolini, Pinochet, Franco, Zar Nikolaus II., Kaiser Hirohito, Stalin, Mao, Ceauşescu, Milosevic und Idi Amin waren eingesperrt im selben Hotelzimmer. Sie lagen nackt auf dem Hotelbett und ekelten sich voreinander und vor der Spinne an der Zimmerdecke. Sie waren verbittert und geschwätzig und zu keinem Gefühl mehr fähig. Sie wurden älter, schwächer, seniler, sie sehnten sich nach dem Tod und konnten sich nicht einigen, wer sich aus dem Laken mühen und die Spinne aus dem Fenster spedieren solle.

Das beunruhigte mich: Ein mieser Charakter und eine berufliche Negativbilanz hatten gereicht, um in die Hölle zu kommen.

Als ich den Besucherausweis an der Loge zurückgab, nahm ich mir vor, ein besserer Mensch zu werden: ein Mensch mit indiskutabler Erfolgsrechnung und flottem Charakter. Ich wollte nicht an eine Felswand gekettet werden und zwischen zwei Fussballmoderatoren vom Schweizer Fernsehen mit Bauchrednertragödien gemartert werden. Von nun an würde ich mein Schicksal demütig ertragen und ich würde mich nie mehr beklagen, wenn ich mein schriftstellerisches Talent, meine Empfindsamkeit und meinen inneren Reichtum an eine Schreibwerkstatt in einer Schule verschwendete. Von jetzt an würde ich sanft sein zu den Schwachen und eiskalt zu den Mächtigen. Und wenn eine Eidechse weint, nehme ich sie heim und tröste sie.

Als ich in einer Schreibwerkstatt eine neunte Klasse fragte, was Glück sei, da sagten sie:
Glück sei, in einem Test die Lösung zu raten und die Lösung sei richtig.
Glück sei, beim Skifahren zu stürzen und sich nichts zu brechen.
Glück sei, mit dem Töffli zu stürzen und das Töffli breche sich nichts.
Andere meinten, Glück sei, Freundinnen zu haben. Und Freundinnen seien Menschen, die hinter einem stehen, egal was passiere. Sie würden nicht nerven. Sie würden nicht lästern. Man könne ihnen etwas erzählen, ohne dass es am nächsten Tag alle wüssten. Wolle man etwas unternehmen und niemand habe Zeit, müsse die Freundin mitkommen. Sie könne nicht einfach sagen: Nein, habe keinen Bock. Als Entschuldigung gelte nur, wenn ihre Mutter einen Unfall gehabt habe oder wenn sie zum Zahnarzt müsse, um die Spange nachzuziehen.
Ein Mädchen dieser Klasse sagte, Glück sei, verliebt zu sein und der Freund backe einem am fünfzehnten Geburtstag fünfzehn Cupcakes. Und sie stelle sich vor, dass ihr Freund ihr auch nach zehn Jahren Zusammensein noch die Tür aufhalte, damit sie den Abfall rausstellen könne.

Wer sind wir? Was wollen wir?

Feiern Sie religiöse Feiertage, auch wenn's nichts zu essen gibt?
Geben Sie manchmal sonderbare Geräusche von sich, die Sie selber ängstigen?
Verschenken Sie zwar gern Geschenke, können aber nicht vergessen, was jedes einzelne gekostet hat?
Müssen Sie regelmässig Ihr Äusseres verändern, um Ermittlungen der Polizei in die Irre zu führen?
Haben Sie auch viele Menschen in Ihrem Umfeld, von denen Sie mit absoluter Sicherheit wissen, dass sie Ihnen nie etwas Interessantes erzählen werden?

Ich stelle Fragen, weil ich die Welt nicht verstehe. Weil ich mich selbst nicht verstehe. Einmal habe ich ein paar Wochen im Denner gearbeitet. Mein Vater hat den Plan gehabt, aus mir einen Verkäufer zu machen. Aber es hat sich herausgestellt, dass ich menschenscheu bin. Wenn Kundinnen zur Tür reingekommen sind, habe ich mich hinter der Palette mit Aktionswein versteckt und gebetet, dass mich niemand findet.
Müssten Sie jemanden ermorden, wäre Ihnen dann völlig egal, was anschliessend mit Ihnen passiert, oder müsste das Ganze wie ein Unfall aussehen?

Kürzlich habe ich mehr Farbe in mein Leben bringen wollen und habe mir eine Riesenrolle Smarties gekauft.
Ich gebe es zu: Ich bin ein schwermütiger Mensch. Meine Freundin verwechselt Schwermut mit Tiefgründigkeit, darum bin ich für sie trotzdem interessant.
Was haben Menschen, die nicht im Bus und auf der Strasse telefonieren, zu verbergen?
Mein Vater ist Hobbyzahnarzt. Das bedeutet, er hat's nicht studiert, aber macht's halt gern. Normalerweise halte ich ganz gern hin. Ich geniesse diese kleine Insel der Entspannung. Ich fühle mich auf dem geschwungenen Zahnarztsessel, be-

leuchtet vom Leuchtelement, wie auf einem Liegestuhl in den Bündner Bergen in einem Sanatorium für Schwindsüchtige. Ist es nicht schön, mal zum Zahnarzt zu gehen, nicht weil man muss, sondern weil man will? Eine Wurzelbehandlung ist für einen Mann dasselbe wie eine Schönheitsoperation für eine Frau: etwas, das man sich mal gönnt, etwas, das man für sich selber tut.

Das letzte Mal hat mein Vater gebohrt, als vermute er fossile Bodenschätze da hinten, und das Lustigste ist die Spritze gewesen, die er durch den ganzen Kiefer gedrillt hat. Nach der Behandlung hat es amüsanterweise mehr weh getan als vorher. Ich bin die Hauswände entlang geschlichen, als hätten die Sterne aufgehört zu leuchten.

Andere tragen T-Shirts, wo sinnreich draufsteht: «Umwege erhöhen die Ortskenntnis.»

Auf meinem T-Shirt steht ein Gedicht von Gryphius: «Was sind wir Menschen doch? Ein Wohnhaus grimmer Schmerzen, ein Ball des falschen Glücks, ein Irrlicht dieser Zeit, ein Schauplatz herber Angst, besetzt mit scharfem Leid.» Ist ein XXL-T-Shirt. Mein Vater hat ein T-Shirt, wo draufsteht: «Das könnte jetzt ein bisschen weh tun.»

Wieso müssen wir unsere Jugend opfern, um zu Wohlstand zu gelangen, und anschliessend unseren Wohlstand aufbrauchen, um jung zu bleiben?

Meine Freundin sagt immer, man müsse an den kleinen poetischen Dingen Freude haben. An einem Vogel in der Luft. An einem lachenden Kind. An einem Messband, das sich lustig schlängelt. Obwohl... Wenn ich ehrlich bin... Poesie. Ein langweiliger Film, also ein Trigonfilm aus der mongolischen Steppe, in der Hauptrolle ein Kamel, das an einen Ticketautomaten gebunden ist. Die Zeitung schreibt: «Ein poetischer Film, poetisch und hintersinnig.» Weil genau nichts passiert. So gesehen wäre die Schweiz eine wahre Lyrik-Hochburg.

Im nächsten Leben wäre ich am liebsten ein Hai. Ein Hai an der australischen Küste, der seelenruhig dreimal um den Surfer herumschwimmt, bevor er ihn frisst. Denn ausgeschissen schmeckt ein Surfer am besten.

Wieso gehen wir in den Himmel ein, aber zur Hölle fahren wir?

Ich habe beschlossen, meine Freundin nicht zu fragen, warum sie aufgehört hat, ihr rechtes Bein zu rasieren. Ich kann mir keinen Grund vorstellen, der mich beruhigen würde.

Kürzlich ist mein Vater gestorben. Ich bin schwermütig die Hauswände entlang geschlichen, als hätten die Sterne aufgehört zu leuchten. Ich habe gewusst, ich muss mehr Farbe in mein Leben bringen.

Also habe ich vor der Tagesschule mit einem Kind einen Tausch gemacht: meine Riesenrolle Smarties gegen seine gelbe Leuchtweste. Jetzt kommen am Bahnhof immer wieder Leute auf mich zu und fragen mich nach ihrem Zug. Und ich schicke sie auf *den* Bahnsteig zu *dem* Zug, den sie nötig haben. Nur über Umwege findet man zu sich selbst.

Vom Land in die Stadt aufs Land

In unserem Dorf gibt's noch Dörfler, aber jedes Jahr werden es weniger. Pendler kommen und nehmen die Sonnenhänge und die Reben in Besitz. Sie pendeln vom Dorf in die Stadt und sind nie zufrieden, egal wie viele Stehplätze in der S-Bahn noch frei sind. Sie beklagen sich über Stechmücken in meinem Bschüttloch. Über Traktoren am Sonntag und Hundebisse. Wie man ein Töffli frisiert – davon haben sie keine Ahnung. Statt eines Sackmessers haben sie eine Glücksbohne aus dem Himalaya im Hosensack. Ihre Demeter-Milch holen sie in einem Krachen weiter hinten. Nicht bei mir, ihrem Nachbarsbauern, der halt mit Melkmaschine melkt. Aber natürlich erwarten sie trotzdem, dass der Rega-Helikopter auf meinem Feld landet, wenn ihr Allergikerasthmakind keine Luft mehr bekommt.

Am Morgen, bevor er auf den Zug geht, holt sich der Pendler im Toilettenschrank einen Tampon von seiner Frau, tränkt ihn in Wodka und steckt ihn sich hinten rein wie ein Zäpfli. Das macht ihn besoffen, ohne Fahne, sodass der Chef in der Stadt nichts merkt. Und während der Pendler mit trümligem Blick am Schreibtisch auf seinem Arsch sitzt, bleibt seine durchgeknallte Frau zu Hause. Die eine hat sich am chinesischen Gong, der am Morgen zum Pilates geschlagen hat, aufgehängt. Meine Tochter hat sie leider noch rechtzeitig mit dem Schnappmesser abgeschnitten. Eine andere ist mal füdleblutt zu mir in den Heustock gekommen und hat mich gefragt, ob ich ihr den Rücken mit Sonnencreme einreiben könne. Ich habe abgelehnt. Ich bin da in einer Phase gewesen, wo ich versucht habe, weniger an Sex zu denken. Jedes Mal, wenn ich im Stall an all den aufgereihten Kuhgesässen vorbei muss, oder jedes Mal wenn ich im Gemischten Chor hinter der Hakima aus dem Sopran *Nobody knows the trouble I've seen* singen muss – jedenfalls habe ich dieser Nudistin von gegenüber gesagt, ihr Rücken möge für Masseure beliebige Knetmasse sein und für ihren Dalai Lama eine langweilige Abdeckung von Knochen und Organen, für mich jedoch sei er eine zu grosse Herausforderung. Wäre ihr Rücken verkrüppelt oder durch Hautkrankheiten entstellt, würde ich ihr gerne dienen, aber: Die meisten Pendler nehmen gar nicht den Zug! Sie pendeln im Auto und machen *den* Lärm und Abgase, vor denen sie als Stadtbewohner geflüchtet sind! Je mehr Pendler sich in der Stadt stauen, desto mehr Städter wünschen sich aufs Land. Ein Teufelskreis.

Ja, ich habe eine Tochter, und das ist auch nicht leicht. Eine wunderschöne, gebärhüftige Teenagerin, und absolut jeder Pendlersohn im Dorf will ihr ans Fundament und will im elterlichen Mercedes-Geländewagen ihre Euteraufhängung prüfen. Doch ich schaue extrem drauf, dass meine Tochter sauber bleibt. Ich sperre sie nicht ein, aber ich verbiete ihr den Ausgang ins versiffte Thun oder ins Hepatitis-C-verseuchte Bern. Die Pendlersöhne verscheuche ich mit der Segesse von der Veranda und die Pilates-Weiber und Arbeitsweg-Steuerabzügler in ihren Pergolas atmen auf, weil ihr Sohn dank meines wachsamen Auges nicht in die Schwemmebene runterheiratet und so einem Schicksal mit 140 Prozent arbeiten, chronischer Nasenschleimhautentzündung und von Tieren übertragenen Geschlechtskrankheiten entgeht.

Das ist die Welt mit klar verteilten Emotionen, in der ich lebe, eine Welt, in der meine Tochter noch ziemlich lange auf einen Mann warten wird.

Frag nicht, was das Land für dich tun kann. Frag, was du fürs Land tun kannst, und ich empfehle dir: Bleib in der Stadt.

Fruchtbarkeit ist heilbar

Dann wurde sie schwanger, und jetzt, zehn Jahre später, ist mein Leben voller Kinder, die sich aber endlich selber anziehen können, die selber einschlafen und durchschlafen und mir etwas bringen können, ohne es auszuschütten. Endlich bin ich im Haushalt wieder komplett nutzlos. Und ich denke: Das nächste Bébé, das ich im Arm halte, ist mein Grosskind. Es ist Zeit, einen Schnitt zu machen. Ich lasse mich sterilisieren. Ich sage meiner Lieblingsfrau: «Wenn du noch ein Kind von mir willst, nimm's dir jetzt. Letzte Gelegenheit.»
Sie sagt: «Merci, für den Moment reicht's. Und sollte ich später doch nochmals wollen, muss es ja nicht wieder mit dir sein.» Aber ob ich mir denn sicher sei?, fragt sie, was sei, wenn ich selber nochmals Kinder möchte?
Ich ziehe sie in mein Arbeitszimmer. Meine Robert-Walser-Gesamtausgabe ist vollgekritzelt mit infantilen Mikrogrammen, der Schreibtisch ist übersät mit Makramee-Uhus, Krepppapierpiraten und bemalten Maikäfersteinen aus dem Kreativ-Zwangsarbeitslager Kindertagesstätte.
Dass ich mir noch mehr solche Dinge um mich herum wünsche, ist unwahrscheinlich, sage ich. Viel wahrscheinlicher ist, dass ich im hohen Alter in einer Oldies-Disco meine Arthroseschmerzen mit Gin Tonics dämpfe, mich von meiner Spitex verführen lasse und neun Monate später meinen erwachsenen Kindern einen Halbbruder vorstellen muss. Nein, das wäre mir peinlich. Ich schütze mich vor mir selbst und stelle mich tapfer in die Reihe unerschrockener Männer, die verantwortungsvoller als Roger Schawinski oder Charlie Chaplin ihre Altersblödheit beizeiten präventiv einschränken.
Natürlich geht es mir ums Geld. Ein Kind grosszuziehen kostet auch dann noch viel, wenn man es nicht mit iPhones, alljährlichen Badeferien in Thailand und einundzwanziggängigen Velos frühzeitig zum Arschloch macht. Auch ein bescheidenes Kind kostet, was bei mir heisst: Mit jeder verhinderten

Schwangerschaft unter meiner Beteiligung erspare ich dem Staat Ausgaben im Umfang von einer halben Million. Was ich den Staat als Künstler koste, das gebe ich ihm als Ochse wieder zurück.

Leider kann mir die Urologin im Vorabklärungsgespräch bei meinen dringlichsten Fragen nicht weiterhelfen: Ob sich der Geschmack und die Konsistenz meines Ejakulats ändern werde? Vom Proteinshake mit räucherforelliger Note hin zu etwas eher Fadem, Veganem? Und was denn nun mit den nicht mehr benötigten Samen aus den Nebenhoden passiere? Ob die vielleicht über die Blutbahn sich in meinen Körper verteilen und ich nun wegen einer kleinen Schnittwunde am Zeigefinger beim Sex zwar kein Präservativ mehr, dafür aber Plastikhandschuhe tragen müsse?

Die Operation führt die Urologin Meierhans aus, assistiert von einer Assistentin. Ich mache mich frei und lege mich auf den Tisch. Wie jeder Mann mit runtergelassener Hose fürchte ich mich, unwillkürlich vor den freundlichen Damen zu erigieren. Ich darf jetzt einfach nicht daran denken, dass weibliches Arzt- und Pflegepersonal unter seinen grünen Schürzen, wie man weiss, absolut nichts trägt.

Ich frage die Urologin, ob es mir erlaubt sei, mich in der Hundestellung operieren zu lassen. Mir scheint, die Hundestellung sei sowohl die gemütlichste Geburtsstellung wie auch die ideale Defertilisationsposition.

Sie erlaubt es nicht, und aufgestützt auf meine Ellbogen verfolge ich mit, was sie am Sitz meiner Seele macht. Das Skalpell legt den Samenleiter frei und mir wird schlecht, ich betrachte den Kandinsky an der Wand und das Stillleben aus Siemens-Computer, Tritel-Telefon und Infusionsständer, und als ich mich wieder dem Geschehen zuwende, wird gerade etwas verschweisst. Zwischen meinen Beinen steigen Rauchzeichen auf und es riecht leicht verbrannt. Aha, denke ich, das ist nun meine Fruchtbarkeit, die mit dem Geruch einer Fliege, die in einer Halogenlampe verglüht, engelsgleich entschwebt.

Ein paar Tage nach einer Vasektomie konnte ich wieder ohne Kissen zwischen den Schenkeln schlafen, das Veilchenblaugelbgrünviolett klang ab und ich spürte, wie mein Leben viel wirklicher und intensiver war als vorher. Das Gras grüner, der Holunder weisser, die Sonne heller. Die Gefährtin spürte meine neue Zugänglichkeit und genoss meine entspannte Art, der Zukunft entgegenzuschreiten. Fruchtbarkeit ist heilbar.

Mut

Liebes Publikum.
Wieso stehen Sie dort und ich stehe hier? Wieso stehe ich nicht dort, wo Sie stehen, und Sie stehen hier, wo ich stehe? Ist es, weil Sie mir nichts auch nur halbwegs Interessantes mitzuteilen haben? Oder ist es, weil ich weniger zimperlich bin und etwas tue, das ich mir gar nicht zutraue und Sie sich aber noch viel weniger zutrauen und lieber auf der sicheren Seite ein wenig klatschen und später an der Bar die Nase rümpfen und stänkern und sagen: Was der kann, könnte ich auch, wenn ich es nötig hätte.
Sie Angsthasen. Sie Schlappschwänze und Höseler. Sie Beckenrandschwimmer und Elektrischzahnbürstler. Sie Chefrechtgeber, Toilettenkippfensterkipper, Gesundheitsballsitzer, Kajütebettuntenschläfer.
Hinter der Bühne würden Sie mit pochendem Herzen und zitternden Händen vor Angst sterben, und auf der Bühne hätten Sie so eine Art Nahtoderfahrung mit Ihrem Geist da oben, der auf Ihren Körper herunterblickt, und Applaus gäb's nur, weil ich mit Ihnen Erbarmen hätte.
Darum stehen Sie dort und ich stehe hier. Sie haben Angst, zu scheitern, und mir hat der Arzt gesagt, ich solle meine Nahtodneugier hier oben befriedigen, statt wieder aus dem Fenster zu springen.
Als ich mich aufhängen wollte, war das Seil zu lang. Als ich mich vergiften wollte, war kein Gift in der Flasche, sondern ein Abführmittel. Als ich mich auf die Schienen legte, hielt der Zug vor mir an, weil der Lokomotivführer den Bahnhof verpasst hatte und rückwärts zurück musste.

Was hindert uns daran, das zu machen, was uns schon immer gereizt hat, und das zu versuchen, von dem wir schon immer träumen? Wir sind jung, gesund, privilegiert. Eine super Ausgangslage. Aber was nützt eine super Ausgangslage, wenn man sich nicht bewegt? Bewegen wir uns und retten wir die

Welt, schaffen wir Frieden! Der Weltfrieden fängt bekanntlich damit an, dass man nicht einfach nur gegen etwas ist, sondern für etwas einsteht. Nicht einfach gegen Faschos sein, gegen religiöse Eiferer und gegen Fruchtsalate, die sich als Desserts ausgeben, sondern Flüchtlingen ein Lager einrichten, armen Kerlen eine warme Mahlzeit zubereiten. Den Freunden, die jedes lustige Filmchen auf Facebook mit «Made my day» kommentieren, Hilfe anbieten. Und einem Politiker, der ausländischen Bauarbeitern den Familiennachzug verweigern will, einfach mal mit einem Backstein auf den Kopf schlagen, um so sein humanistisches Denken anzuregen.

Im Block, wo ich wohne, war Herr Fina aus dem fünften Stock drei Jahre lang in Frau Baumgartner aus dem ersten Stock verliebt, ohne dass sie es hatte bemerken können. Am Sommerfest bei Gilmettis im Garten sprach er sie endlich an. Vielleicht muss ich noch erwähnen, dass Herr Fina gehörlos ist, und jedes Mal verändert sich das Gesicht der Leute, wenn er spricht – zu laut oder zu leise oder zu undeutlich. Herr Fina hatte Angst, Frau Baumgartner denke, er sei blöd im Kopf. Oder sie reagiere hilflos und überfordert wie viele andere auch. Stundenlang stand er vor dem Spiegel und machte sich Mut: Es ist Zeit, dass du deinen Traum fängst.

Und jetzt, unter dem Sternenhimmel, mit einem Plastikbecher Sangria in der einen Hand und einem Plastikteller Spaghetti in der anderen, packte er die letzte Chance vor ihrem Médecins-Sans-Frontières-Einsatz beim Schopf und umgarnte sie mit angenehm souveränen Worten.

«Frau Baumgartner», sagte Herr Fina, «möchten Sie auch kalte Spaghetti?»

Heute leben sie zusammen in Guatemala, haben vierzehn Adoptivkinder und spielen Federball. So kann's gehen.

Ich lade Sie ein, hier heraufzukommen, und dann erzählen Sie mir, was Sie Grossartiges und Kleinkariertes träumen. Retten Sie die Welt, schaffen Sie Frieden, essen Sie einen Apfel, ohne ihn vorher zu waschen. Kurbeln Sie das Autofenster herunter und halten Sie den Verkehrspolizisten den nackten Hintern entgegen. Boykottieren Sie Produkte von Firmen, die trotz steigender Gewinne Mitarbeitende entlassen. Sagen Sie den Chefs der Welt: «Hör zu, es ist im Grossen wie im Kleinen, es ist im globalen Miteinander wie zu Hause: Wer vögeln will, muss nett sein.» Sie sind Kajütenbettobenschläfer. Tun Sie etwas, das Sie sich gar nicht zutrauen. Nur so wachsen wir.

Glück ist: ein Dach über dem Kopf und genug zu essen.

Glück sind: gekappte Samenleiter und Zahnpastageheimsprachen.

Glück ist: im alten Kinderhochbett zu liegen, die Sternentapete an der Decke zu betrachten und sich vorzustellen, wie van Gogh in der Provence die Sternennacht gemalt hat. Wie er dagesessen ist, die Leinwand beleuchtet von den Kerzen, die auf seinen Hutrand gesteckt haben.

Glück ist: mehr an Liebe, Freude, Mut und Zuversicht aus dem Leben herauszuholen, als das Schicksal für einen vorgesehen hat.

Und Glück ist: wenn man mit Menschen, mit denen man absolut nichts zu tun haben will, auch tatsächlich nichts zu tun hat.

NACHWORT ODER: WIE ICH ERZÄHLER WURDE

Ich komme aus den freudlosen Achtzigerjahren. Die Sowjets und die Amis bauten atomare Mittelstreckenraketen. Die Eltern schauten *Wetten dass ...?* mit Frank Elstner und warteten auf die Erfindung von Tutti Frutti auf RTL. Ich las *Siddhartha, Das Glasperlenspiel, Demian, Narziss und Goldmund, Steppenwolf.* In der Disco im Luftschutzkeller versuchte ich mit Mädchen anzubandeln, die kummervoll von der Apartheid in Südafrika erzählten.

Wir hörten *a-ha* und schauten *Alf* und tranken Amaretto. Schweizer Schriftsteller veröffentlichten keinen Satz, der nicht ihrer Sorge Ausdruck verlieh, Ronald Reagans zittrige Finger könnten den roten Knopf drücken. Mir wurde beigebracht, was ein Vektor ist und was ein Passé simple. Aber wohin sollte das führen? Ich war jung, gesund und hatte keinen Schimmer, was ich mit all den Privilegien anfangen sollte.

Rage Against the Machine katapultierte mich reibungslos und weiter depressiv in die Neunzigerjahre. Während eines sinnlosen Psychologie- und Wirtschaftsstudiums flog ich in den Semesterferien nach New York. Und da stand ich dann, 1997, auf der Plattform des World Trade Center, verzweifelt und verloren. War ich hierhergekommen, um den eigenen roten Knopf zu drücken? Benommen und betäubt lief ich durch die Strassen Manhattans und war überfordert, eine Selbstmordtechnik aus den tausend Selbstmordtechniken in New York zu wählen – du kannst springen, du kannst einen Polizisten provozieren – oder die einfachste Methode: Du läufst quer über die Brooklyn Bridge, ohne nach links und rechts zu schauen. Ich denke nicht, dass ich damals wirklich sterben wollte. Ich hatte bloss keine Ahnung, wofür ich leben sollte.

Irgendwann fand ich mich im Central Park wieder und malte mir meine Beerdigung aus, meine Beerdigung heute in drei

Jahren. Eine Kirche voller Blumen, der Organist spielt die Hits der Achtziger. Eine Handvoll Leute sind gekommen, um vom Toten Abschied zu nehmen. Eine Handvoll Leute, die aus irgendeinem Grund stolz sind, mich gekannt zu haben. Was für ein Freund würde ich ihnen gerne gewesen sein? Was für ein Kollege, Kamerad, Gefährte? Was würde ich ihnen gern gegeben haben?
Ich hatte keine Antworten, wusste nur, dass ich nicht als Student sterben durfte. Wusste nur, dass ich bis jetzt nichts getan hatte, das für jemand anderes als mich selbst von Nutzen gewesen wäre.
Mutlos ging ich in die Barnes & Noble Buchhandlung am Union Square. Ich griff aus dem Stapel der Bücher *Hand to Mouth* von Paul Auster heraus und las es, in der Ecke der Buchhandlung. Das Buch handelt davon, wie ein junger Mensch nach Paris geht, um Schriftsteller zu werden, und dort beinahe erfriert und verhungert. Alles in allem ist die Geschichte eher eine Warnung denn eine Ermunterung, aber ich dachte: «Das will ich auch! Fühlen, denken, leiden. Und davon erzählen!» Es war eine Erleuchtung.
Ein Mann fragte mich, den Lesenden in der Ecke, was ich hier tue. Kein Ladendetektiv, wie ich im ersten Moment befürchtete. Es war einfach einer dieser freundlichen, aufgeschlossenen, ungehemmten, mittelalten und mittelschweren New Yorker. Ich sagte ihm, dass ich mich soeben entschlossen hätte, das Studium aufzugeben und Schriftsteller zu werden. «Oh no!», rief er aus. «New York did it again! Another dropout from school!»
Enthusiastisch kehrte ich zurück. Verliess die Universität und die Stadt, nahm meine Notizhefte, Tagebücher und Aufzeichnungen hervor und gab mir drei Jahre, um daraus etwas Lesenswertes zu schaffen, etwas für jemand anderes als für mich selbst. Es spielte keine Rolle, ob ich es mir überhaupt zutraute oder nicht. Ob es gelingen würde. Jeder Schritt war ein Schritt hinaus aus dem Falschen.

Mein Geschenk an die Menschheit erschien drei Jahre später in Form eines Romans über einen jungen, gesunden, lebensunfrohen Mann, der keinen Schimmer hat, was er mit sich anfangen soll. Ich war neunundzwanzig und hatte meinen Lebenszweck erfüllt. Von mir aus hätte mich ein Blitz erschlagen oder eine Flutwelle über mir einstürzen können. Aber nichts geschah. Offenbar hatten die Götter weitere drei Jahre für mich vorgesehen und nochmals drei und so fort. Ich könnte mich daran gewöhnen.

Das Schwierigste für mich war, herauszufinden, wofür ich leben will. Und als ich es herausgefunden hatte, begann die Qual, die treffenden Worte in die passende Form zu bringen. Man kann sich natürlich nie sicher sein, dass es einem gelingt. Dass einem eine Geschichte gelingt. Dass der Funke überspringt. Aber ich werde sterben, in drei Jahren oder früher oder später, und bis dahin möchte ich in himmeltraurigen Szene-Cafés sitzen und all das, womit mich das Leben Tag für Tag überschüttet, notieren, in Geschichten umschmelzen und erzählen.

2012 schickte mich das Berner Amt für Kultur zurück nach New York. Jeden Morgen scheiterte ich an einem Roman, abends trat ich an Open-Mic-Veranstaltungen auf. Ich bezahlte fünf Dollar, um es im Nuyoricans Poets Cafe mit Slam-Poetry-Material zu versuchen. Zurück in der Schweiz würde ich mich zum ersten Mal ohne Textblatt auf die Bühne getrauen. – New York hatte mich zwei Mal zum Erzähler gemacht: erst zum Buchautor und sechzehn Jahre später zum Bühnenpoeten.

UNTERSTÜTZT DURCH

Burgergemeinde
Bern

CHRISTOPH SIMON *ist Gewinner des Salzburger Stiers 2018 und zweifacher Schweizer Meister im Poetry Slam. Seine Romane und Texte sind in neun Sprachen übersetzt und mit verschiedenen Preisen ausgezeichnet worden.*

NEU IM HERBST 2021

Pedro Lenz | Reto Stampfli
POST AUS BARCELONA
Wienachtsgschichte in Mundart und Hochdeutsch
Gebunden, 13,5 x 17,5 cm, ca. 140 Seiten
ISBN 978-3-906311-90-6

Peter Bichsel u. a.
DAS SCHAUKELPFERD IN BICHSELS GARTEN
Geschichten vom Schweizer Schriftstellerweg
Klappenbroschur, 13,5 x 20,5 cm, ca. 112 Seiten
ISBN 978-3-906311-86-9

Désirée Scheidegger
DIE FRAGMENTSAMMLERIN
Gebunden, 13,5 x 21,5 cm, 184 Seiten
ISBN 978-3-906311-89-0

Elie Peter
DIE GANGSTER VON MANAGUA
Gebunden, 13,5 x 21,5 cm, ca. 180 Seiten
ISBN 978-3-906311-88-3

Der Knapp Verlag wird vom Bundesamt für Kultur mit einem Strukturbeitrag für die Jahre 2021 bis 2024 unterstützt.

Verein Freunde des gepflegten Buches
freunde.knapp-verlag.ch

LAYOUT | KONZEPT *Monika Stampfli-Bucher, Solothurn*
LEKTORAT *Petra Meyer, Beromünster*
DRUCK *CPI – Clausen & Bosse, Leck*

1. Auflage, September 2021
ISBN 978-3-906311-87-6

Alle Rechte liegen beim Autor. Kein Teil des Werks darf in irgendeiner Form ohne Genehmigung der Herausgeber verwendet werden.
Gedruckt auf umweltfreundlichem FSC-Papier.

www.knapp-verlag.ch